MES COUPS SERONT MES MOTS

IBI ZOBOI
YUSEF SALAAM

MES COUPS SERONT MES MOTS

Traduit de l'anglais (États-Unis)
par Catherine Nabokov

GALLIMARD JEUNESSE

Titre original : *Punching the Air*

Édition originale publiée pour la première fois aux États-Unis en 2020
par Balzer + Bray, un département de HarperCollins Publishers.

Pour Joseph, et pour les nombreuses vies
que tu touches avec ton art, dont la mienne
– I. Z.

Pour ma mère, Sharonne Salaam, ma super-héroïne
– Y. S.

PARTIE I

NAISSANCE

Umi m'a mis au monde

à la maison
Elle a un film
qu'elle me montre
à chaque anniversaire

Quand j'étais petit
je partais en courant

Umi riait et disait
Viens ici mon garçon
Tu dois te rappeler
d'où tu viens !

Elle me poursuivait
dans notre petit appartement
et je me cachais les yeux et
je faisais semblant de suffoquer
C'est horrible, M'man, je disais

C'est la vie, Amal
Tu dois la respecter,
elle disait

Umi était dans une piscine gonflable
au milieu du salon
la sage-femme à côté d'elle
Mon père tenait la caméra

Elle faisait les respirations du feu
yeux fermés, pas un cri
comme si elle priait
D'un coup la sage-femme a plongé
ses deux mains dans la piscine

Et alors
me voici hors de l'eau
Petite chose brune qui se tortille

pleurant à peine
yeux grands ouverts
comme si j'avais déjà fait ça
comme si j'étais déjà passé par là

Umi dit
que je suis né avec une
vieille vieille âme

VIEILLE ÂME

Quand on naît
avec une vieille âme
le problème

c'est qu'une vieille âme ne peut prédire
toutes les choses qu'on n'aurait pas dû faire
toutes les choses qui tourneront mal
toutes les choses qui s'arrangeront bien à la fin

Quand on a une vieille âme
le problème
c'est que personne ne la voit
toute voûtée, la peau brune, ridée,
les cheveux gris en bataille, des yeux embués
qui ont déjà vu le passé, le présent, le futur
toute recroquevillée dans son monde minuscule

ici et maintenant
dans cette salle d'audience

SALLE D'AUDIENCE

Je sais qu'une salle d'audience c'est pas
un décor de clip, c'est pas
Coachella ou les BET Awards, c'est pas
MTV, VH1 ou les Grammys

Mais quand même

y a un public
de fans, d'experts et de juges

Les regards scrutent à travers des écrans
voient chaque mensonge, décryptent chaque mot inventé
    un sweat à capuche noir direct c'est un masque
    un truc chelou que je fais avec mes doigts
    direct c'est le code d'un gang
    quelques bagarres et direct t'es un enragé
    trois redoublements et direct t'es un teubé
    genre tout ce que je suis, ce que j'ai été
    direct ça veut dire

    coupable

TÉMOIN DE MORALITÉ

On est dans la salle d'audience
pour entendre le verdict des jurés
après seulement quelques heures de
délibération

et Mme Rinaldi, ma prof d'arts plastiques
était témoin de moralité
C'était la première fois
qu'elle me voyait

en costume-cravate
celui que j'aurais dû porter

pour le vernissage au musée

Celui que j'aurais dû porter
pour mon premier seul en scène dans le gymnase de l'école

Le costume que j'aurais dû porter
au bal de fin d'année, à la remise de diplôme de mon cousin
à la mosquée avec Umi

c'est celui que je porte pour mon premier procès
Comme si cet événement dans ma vie
était prévu
depuis le début

COSTUME GRIS

Umi m'a dit de mettre un costume gris
parce que les apparences

Mais en gris je n'étais pas moins noir
Avec mon avocat blanc je n'étais pas moins noir

Les mots peuvent peindre des tableaux en noir et blanc, aussi

Peut-être que les idées ont des yeux
qui séparent le noir du blanc comme si le monde
était une vieille, très vieille émission de télé

Peut-être que les idées, c'est la ségrégation comme au temps
du révérend King et peu importe les marches,
les hashtags, les Justice pour Untel

les yeux de notre esprit et l'esprit de nos yeux
voient le monde comme ils l'ont décidé
Tout est déjà illustré
en noir et blanc

COLÈRE

Avez-vous déjà vu Amal en colère ?
le procureur a demandé à Mme Rinaldi

C'est la question la plus importante à mon procès
Suis-je en colère Suis-je violent Suis-je…

Objection, a dit Clyde

Retenue, a dit le juge

Amal a-t-il déjà montré des émotions qui…

Oui, a dit Mme Rinaldi
C'est pour ça que je travaille si dur avec Amal
Pour canaliser sa colère dans son dessin

Et je sais, je sais
qu'à cet instant-là
elle n'avait pas besoin de regarder dans ma direction
parce qu'elle ne m'aurait pas vu

Elle ne m'a jamais vu
Elle ne voit que mes peintures et mes dessins
comme si moi et ce que je crée
étions deux mondes séparés

J'ai un caillou dans la gorge
et un pavé sur la poitrine

ESPACE BLANC

En arts plastiques
Mme Rinaldi a dit que
le blanc sur la feuille

fait partie de notre dessin
Le blanc sur la feuille

raconte aussi une histoire, fait partie intégrante du tableau
Je n'ai pas pigé ce qu'elle voulait dire au début

Ensuite elle nous a montré un tableau
Elle appelait ça une illusion d'optique

C'était un visage blanc avec
des yeux, un nez, une bouche

sur un fond noir
Mais quand je regardais en biais

ou en arrière ou à l'envers
c'était un visage noir avec

des yeux, un nez, une bouche
sur un fond blanc

C’était dingue que mes yeux
me jouent des tours comme ça

mais c’est mon esprit qui
a donné un sens à tout ça

C’est dingue que notre esprit
puisse nous jouer des tours comme ça

ESPACE BLANC II

Il y avait plus de témoins
d'East Hills
que de mon côté du quartier
                    de la voie ferrée
                    de la frontière
                    de la ligne invisible
qu'on n'était pas censés traverser

Le couple avec le bébé qui venait de s'installer
qui a dit
Nous avons vraiment essayé de construire une communauté

La maîtresse du jardin d'enfants qui a dit
J'ai toujours été gentille avec ces
gamins du quartier

Et cet étudiant qui
a enregistré tout le truc
et dit
Je savais que ça allait partir en embrouille
du coup j'ai juste pris mon tél

Pour appeler la police ? a demandé Clyde

Nan, pour poster la vidéo, a dit l'étudiant
C'était genre un gang
un piège
Alors j'ai démarré un live
Et non, je les avais jamais vus avant

Quand Clyde lui a ensuite demandé
Combien de temps es-tu resté dans le quartier ?

Juste le week-end, pour voir des amis
a dit l'étudiant
Je pensais pas que ça exploserait comme ça

Cette vidéo t'a rendu super célèbre, hein ?

L'étudiant a rigolé
et je ne voulais qu'une chose
le dégager du banc des témoins
Mais ça aurait fait mauvais effet
Vraiment mauvais effet

LE PENSEUR

Je me repasse tous les témoignages
dans ma tête
comme une chanson en boucle

Leurs mots et ce qu'ils pensaient
être leur vérité
c'était comme un scalpel

qui me transformait en
ce monstre
qu'ils veulent que je sois

Je suis censé être
une statue
dans cette salle d'audience

Taillé dans le bronze
complètement immobile
comme un dieu
dépouillé de son pouvoir
ou un ange déchu
jeté dans cet enfer

Et chaque mensonge
qu'ils disent sur moi
          chaque pierre
qu'ils jettent sur moi
est censée rebondir
comme de minuscules plombs

Ici je dois être pare-balles

DEUX BOUCHES

Qu'est-ce qui se passera si je suis jugé coupable ? je demande à Clyde
avant la délibération

Il tapote son bloc-notes jaune avec son stylo
comme s'il battait la mesure d'un morceau
d'un hymne victorieux pour le moment où   le moment où
il gagnera cette affaire

Et j'ai tellement envie
de prendre le stylo et le bloc-notes
pour me dessiner une victoire
toute une scène avec des silhouettes qui dansent
et les grimaces qui se transforment en joie

Ça n'arrivera pas, il dit

Umi dit qu'il faut deux bouches pour parler l'anglais
et quatre oreilles pour le comprendre

Clyde a parlé avec deux bouches
Une pour moi et une pour la salle d'audience

PAGE BLANCHE

M. Clyde Richter, avocat de ma défense
est censé sauver ma vie
est censé susciter le doute raisonnable
est censé faire savoir à ce juge et à ces jurés
la vérité

Mais il fait partie du blanc
sur ma feuille
là où le charbon et l'encre
ne font qu'effleurer les contours de son monde

du monde de Mme Rinaldi
du monde de Jeremy Mathis
    le garçon blanc dont la vie entière
    est comme une page blanche de
    ce cahier de croquis
    où commence cette histoire

ENCRE NOIRE

Donc
Je suis encre
Il est page

Je suis stylo
Il est cahier

Je suis texto
Il est écran

Je suis peinture
Il est toile

Je suis homme
Il est garçon

Je suis criminel
Il est victime

Je suis vivant
Il est presque mort

Je suis noir
Il est blanc

MAQUILLAGE

Mme Rinaldi a quitté la salle d'audience
après que le procureur a montré des photos
du visage de Jeremy Mathis après la bagarre

À l'école, elle disait que j'avais du talent, que j'étais doué
Elle disait que mon trait était doux
        que mes sujets étaient délicats
Elle disait que j'avais beaucoup de beauté
        en moi qui attendait d'éclore

Ma prof d'arts plastiques devrait savoir mieux que personne
que jamais je ne pourrais faire un tableau
avec les couleurs de la chair massacrée,
des os brisés, de la peau blessée

du visage d'une personne

STAR DE CINÉMA

Ceux qui me connaissent
        me connaissent vraiment
ça n'est pas eux
que le juge et les jurés veulent entendre

C'est comme s'ils voulaient entendre l'histoire
d'un autre gamin
Comme s'ils voulaient regarder un film
sur un autre gamin

Le procureur, avec ses mots sophistiqués
        ses preuves tangibles
a écrit le scénario, dirigé la scène
        choisi l'acteur parfait
pour jouer ce gamin du quartier
qui a salement cogné un gamin blanc
        tellement salement
        qu'il ne peut plus se réveiller
        pour dire la vérité

FAN-CLUB

À vrai dire
rien n'a d'importance en dehors de cet instant
maintenant
quand j'arrive à me retourner pour

regarder Umi dans les yeux
pour lui rappeler   me rappeler
qu'elle croit en moi

Je veux que Grandma sache que
Je suis gentil   Je suis gentil
à l'intérieur

Oncle Rashon a compris ce qui s'était passé
avant même de voir les informations
avant même de voir la vidéo
avant même de voir la photo du visage de Jeremy Mathis

Il a essayé de me dire   Il a essayé de me dire
de ne pas m'approcher d'East Hills

Mes cousins Shay et Dionne me disent
sans même prononcer un mot

On est derrière toi, 'Mal   *On est derrière toi*

Les autres visages viennent
de l'immeuble   du quartier
de mon école   de mon passé

Je ne sais pas s'ils regardent
le film avec le garçon qui joue mon rôle
ou mon vrai moi dans la vraie vie

Mais quand même, ils sont là   Ils sont là

Mon meilleur ami Lucas
        m'a ghosté
depuis que toute cette merde est arrivée

MONA LISA NOIRE

Le visage de mon Umi est
        le plus beau du monde

La peau
comme dormir tard un jour de neige
sous une épaisse couverture
noire

Le sourire
comme un jour d'été à vingt-sept degrés
au mois d'avril
éclatant

Les yeux
comme des longs trajets en métro
à regarder par la fenêtre
tout et rien dans le noir
et laisser naviguer mes rêves
profonds

VISAGE PICASSO

Mon visage doit être
          le plus horrible du monde

Monstre   Prédateur   Animal
Tu marches sur deux jambes, pas quatre, a dit Umi

Depuis ce soir-là
je n'ai entendu personne qui m'appelle mon garçon comme elle
                                        m'appelle petit homme

Toujours   homme
né déjà adulte, déjà barbu,
avec déjà une vie pourtant pas encore vécue
          comme si
je n'avais jamais fait mes premiers pas près du canapé
comme dans la vidéo sur le téléphone d'Umi

je n'avais jamais mangé de la purée et
bavé et babillé, la bouche pleine de bonbon rose

je n'avais réclamé mon ours en peluche ou
ri devant Elmo dans *Sesame Street*

je n'avais jamais mis des chaussures dépareillées
et sauté dans une flaque

je ne m'étais jamais caché à cause du tonnerre, des feux d'artifice
et des cris de colère et des coups de feu et des sirènes
comme si
je n'avais jamais eu peur des monstres et
des prédateurs et des animaux et
de mon propre visage

CACOPHONIE

Le juge s'assoit à sa place
sur le banc et nous informe
que le jury a rendu son verdict

Et je peux entendre les gens derrière moi
s'agiter sur leur siège
murmurer
marmonner
pleurer
comme s'ils savaient
Ils savaient déjà

Silence ! crie le juge
et il frappe avec son marteau

Mais tout ce que j'entends c'est le chaos
            Tout ce que je sais c'est le chaos

Le désordre des choses, des lieux
et des gens qui n'ont pas de but,
pas de fin, pas de destin, pas d'Allah

Sans dieu comme l'enfer
Umi me dit de prier, la tête courbée

soumis à ce pouvoir suprême qui
tire les fils de la marionnette

Et parfois je me sens comme un petit soldat
et je veux me frapper la poitrine
pour tester mon gilet pare-balles
dans cette guerre inventée
comme une battle de rap
sans micro, sans beat, sans son

C'est tellement calme maintenant
Je me tiens les mains
Mes jambes tremblent
Mon cœur est un tambour
Mon corps…
        Je voudrais pouvoir flotter dans les airs
        Je voudrais pouvoir disparaître

LE JUGEMENT DERNIER

Dans l'affaire Ministère public..., dit la jurée
Et j'aimerais avoir des yeux derrière la tête
pour voir les gens dans mon dos
pour qu'ils puissent me voir

Pas la version de moi qu'ils voient sur ces dessins...
les yeux comme des espaces morts, la bouche vers le bas
le nez large comme mon père
les pommettes hautes comme Grandma

Pas la version de moi qu'ils voient à la télé...
tête baissée, bras derrière le dos
poignets menottés
regard de travers
nom traîné dans la boue

Mais mon vrai moi, genre, au-delà de mon visage, de mon histoire
au fond de mes yeux pour qu'ils sachent
ce qui s'est vraiment passé ce soir-là

Je laisserai chacun d'eux pénétrer mon âme
et passer dans les rues de cette ville-là
passer la porte de ce bâtiment-là

passer dans les couloirs de cette école-là
s'asseoir dans ces classes-là
s'asseoir sur ces perrons-là
s'asseoir dans ces trains-là

se tenir dans ces queues-là
se tenir dans ces coins-là
se tenir devant ce juge-là

Et peut-être que toute mon âme
toute ma vie
serait comme un miroir
Et au lieu de moi
ici dans cette salle d'audience
ça serait

les Gens contre les Gens

… *contre Amal Dawud Shahid*, elle dit
    Prononcez même pas mon nom, madame, je dis
    Mais elle m'entend pas, en fait
    Personne ne m'entend
    Mes lèvres sont scellées
    mais mes mots ont leur propre vie

Même s'ils sont enfermés
    ils vont rebondir sur ces trois murs et se faufiler entre

les barreaux de fer
Ils diront *quoi de neuf* aux détenus
bousculeront les gardiens
franchiront les portes sécurisées
s'échapperont de cet endroit
direction le ciel, embrasseront les nuages
et crieront dans ce vent fétide
que mon nom est Amal
et
Amal veut dire espoir

Le jury déclare, elle dit
Comme si on jouait à cache-cache
et que j'étais recroquevillé sous une table
mon corps roulé en boule comme un poing
        comme dans le ventre de ma maman
Ou dans un placard, derrière ses robes
ça sent le parfum
        la maison
        la bonne cuisine
        les projets pour l'avenir
        les un-jour-peut-être
        les à-demain

… *l'accusé*, elle dit
Comme si c'était mon nom
Comme si j'étais venu au monde
avec les poings en garde
gants de boxe comme
Holyfield, Louis, Frazier,
Tyson, Rocky et Ali

JEU DES ACCUSATIONS

Un chef d'accusation de
tentative de meurtre avec une arme par destination
                    Le procureur devait prouver
que j'ai pris mon skate
et lui ai balancé à la tête
et essayé de le tuer
Mais Clyde a obtenu que cette première accusation soit
ramenée à

coups et blessures aggravés avec une arme par destination
                    Le procureur devait prouver
que j'ai pris mon skate
et lui ai balancé à la tête
alors que son ADN n'était même pas dessus
donc Clyde a réussi à la ramener à

un chef d'accusation de
coups et blessures avec circonstances aggravantes

FIN DE PARTIE

Shay me frappait le bras quand
il voyait une Coccinelle Volkswagen
C'est la règle de Frappe-Coccinelle

Et je le frappais vraiment fort à mon tour parce que
Umi répétait toujours *On t'tape, tu tapes*
C'était la règle de ce jeu-là

J'ai donc refusé de négocier
et plaidé non coupable

Parce que Clyde a dit que c'était de la légitime défense

La mère de Jeremy Mathis a dû
lui dire la même chose

On t'tape, tu tapes
Parce que j'ai donné le premier coup

BALLE DE MATCH

J'ai beaucoup appris sur
la légitime défense
en jouant au basket

tout le terrain, cinq contre cinq
Quand le ballon
est de leur côté
et que tu tentes de bloquer
un tir à trois points
Et ils connaissent leur secteur
mieux que toi
mais tu connais
toute ton équipe

Mais quand même
c'est leur terrain
c'est leur quartier

Et tout ce que tu essaies de faire, c'est de
voler le ballon, intercepter, bloquer
et rentrer chez toi
rentrer chez toi

Rentrez chez vous
c'est ce que ceux d'East Hills
nous disaient

Donc la question n'était pas
qui a frappé le premier

C'était une question de terrains, de territoire, d'espace
Moi et eux les autres garçons
on essayait juste de rentrer chez nous

JEU DES ACCUSATIONS II

Pour

le

chef d'accusation

de

coups et blessures
avec circonstances aggravantes…

le jury déclare l'accusé

coupable

dit la jurée

J'ai un caillou dans la gorge
J'ai un pavé sur la poitrine

Le caillou devient une montagne
Le pavé devient un immeuble

Et j'ai l'impression d'un truc immense et lourd
            comme si le monde entier
pesait sur moi

LE CRI

La rage est un sentiment implacable, a dit Umi Elle ne fait rien
bouger Elle donne juste envie de cogner un mur ou un visage
Elle se tient là, masse pesante et sombre devant tes yeux, qui fait
que tu ne sens rien d'autre que la faim qui pulse dans ton ventre
vide Alors tu es obligé de l'affronter et d'ouvrir la bouche toute
grande pour l'avaler d'un coup, en pensant que ça coulera
comme du lait chaud Mais la rage est un magma
d'os et de sang et de cris qui se transforment en
flammes, donc tu dois bien mâcher Avaler
cette amertume tranchante qui engourdit
ta langue, ta bouche et tes mots
Tu ne la sens même pas dans
ta gorge qu'elle est déjà
dans ton ventre Lourde
immobile comme un
cœur arrêté

LE CRI II

Je me retourne pour voir Umi
et les cailloux s'échappent de ma bouche

Mais il était encore…
Je n'ai pas…
Umi…

D'autres cailloux me bloquent la gorge
et je m'étouffe avec mes mots
je m'étouffe avec mes larmes
je m'étouffe
je
je m'étouffe
je m'étouffe avec mes larmes
et je m'étouffe avec mes mots
D'autres cailloux me bouchent la gorge

Umi…
Je n'ai pas…
Mais il était encore…

et les cailloux s'échappent de ma bouche
Je me retourne pour voir Umi

REFRAIN

J'étais censé dire quoi ?
Que je n'ai pas fait ça, encore et encore
comme si c'était un tube ?
Disque de platine de l'été
par un DJ avec un bête de beat ?

Que les petits enfants font des vidéos virales en dansant sur…
Je n'ai pas fait ça
Que des filles blanches jouent de la guitare sur YouTube sur…
Je n'ai pas fait ça
Que des chorales d'église chantent des remix de gospel sur…
Je n'ai pas fait ça
Qu'Ellen fait son numéro de 2-step sur…
Je n'ai pas fait ça

Et je suis là
à crier à la juge, aux jurés, aux flics, aux journalistes,
à sa mère, à ma mère, que
j'ai donné le premier coup mais pas le dernier…
Je n'ai pas fait ça

JUSTICE AVEUGLE

Sa mère pense que c'est rendre justice à son fils

Mais je sais que lui et moi
nous avons suivi le chemin
qui était déjà tracé pour nous

Et nous sommes montés
sur la balance de Dame Justice
avec ses yeux bandés, qui regarde par les trous
parce que ce putain de chiffon est tellement vieux
usé, fin, presque plus là

Amal Shahid à gauche   Jeremy Mathis à droite
                                                totalement déséquilibré
parce que là d'où je viens
elle nous proposait deux options
la prison ou la mort
parce que là d'où il vient
elle leur proposait une seule option
le rêve américain

Donc nous voilà, Dame Justice aveugle
Je te vois aussi

PENSÉES & PRIÈRES

Il n'y a rien d'autre à faire maintenant
que penser à Dieu

Argent pour mon pays
Allah pour ma mère
Jésus pour ma grand-mère
Rêve américain pour mon père
Voitures étrangères pour mon oncle
Études supérieures pour mon prof
Temps pour mon avocat

Quand Umi a demandé des pensées et des prières
chacun d'eux a baissé la tête
en hommage à leur version du pouvoir suprême
sans même jamais, pas même une fois
penser à l'Espoir

penser à moi

NAVIRE NÉGRIER

Qu'est-ce qui s'est passé ?
j'essaie de demander à Clyde

Mais les autres voix
dans la salle d'audience
noient mes mots

C'est comme si de l'eau
sortait lentement
du sol

atteignait mes pieds
montait le long de mes jambes
comme si la salle d'audience

était un navire qui coulait
mais tous les autres
comme ils sont libres

peuvent remonter à la
surface prendre de l'air
pour nager jusqu'au rivage

et je suis le seul
à avoir une ancre
attachée à mes chevilles

Métal lourd
qui me tire vers le bas
jusqu'à ce que je me noie

Alors je me retourne
pour voir la liberté
que je laisse derrière moi
pour voir la maison
que je laisse derrière moi
J'ai tellement envie
de peindre cette scène
d'en effacer tout le bruit
pour zoomer sur les gens
qui m'aiment

PORTRAIT DE FAMILLE

Les yeux d'Umi, encadrés par son hijab bleu, c'est ma maison
    Je sais que le Coran est sur ses genoux
    avec les photos de moi bébé entre les pages
Le front plissé d'Oncle Rashon c'est un voyage vers le
vendeur de livres au coin de la rue
    Je sais qu'il a des théories complotistes
    sur toute cette affaire
La grimace de Shay ressemble à celle qu'il fait quand il perd
contre moi
une longue partie d'échecs
    Il y a de la peur sur son visage, comme
    si tout ça pouvait lui arriver aussi
Le petit sourire de Dionne ressemble à un prospectus pour
une université
glissé sous ma porte
    Il y a de l'espoir dans ses yeux, comme si elle croyait
    réellement
    que tout ira bien
La présence de Grandma est comme un gros câlin réconfortant
    Elle est fatiguée, si fatiguée
    Je voudrais qu'elle rentre à la maison et se repose

LA MONTRE

La première fois que j'ai été menotté
c'est quand j'ai été arrêté et inculpé

pour ce crime, j'ai pensé
aux montres et autres trucs que je porte au poignet

En maternelle Umi m'a donné une montre étanche
attachée avec un Velcro, je la regardais tout le temps comme si

je devais aller quelque part ou voir des gens et
en CE1 je portais ces bracelets Silly Bandz

autour du poignet comme des signes extérieurs de richesse

En CM2, la plus jolie fille
Tanesha, m'a fait un bracelet brésilien

des brins de ficelle tressés comme une chaîne
Cette merde ne s'est jamais cassée mais quand on a rompu

j'ai essayé de l'arracher avec mes dents direct
dans la cour de l'école pour que tout le monde voie

que c'était fini entre nous et que j'allais pas pleurer
pour une fille, mais Shawn est passé là avec sa

grande bouche et a dit *Elle t'a largué, ah ah !*
Alors je lui ai balancé de fermer sa gueule direct

dans la cour de l'école pour que tout le monde voie
que j'allais pas pleurer pour une fille

Mais il a continué *Elle t'a largué, elle t'a largué !*
Vu que Tanesha était la plus jolie fille de CM2

et quand c'était ma copine j'étais le gars le plus cool de
CM2 et tu sais bien que quand tu as une copine

toutes les autres filles veulent être ta copine donc Shawn
avec sa grande bouche me cassait mon plan

voulait que je craque, que je pète un câble, que je me batte
et il m'a lancé encore une fois au visage

Elle t'a largué trouduc ! et la seule chose à faire
c'était lui éclater la tête, coup après coup

Et on s'est retrouvés là dans la cour à se battre
comme si on voulait tuer l'autre mais j'essayais juste

de ne pas perdre vu que tout le monde était là dans la
cour et regardait, applaudissait, jusqu'à jusqu'à

ce que le proviseur arrive, que le prof de gym arrive
que mes profs arrivent pour nous empêcher

de nous entre-tuer parce qu'on aurait dit ça
après ce que j'avais fait à la tête de Shawn

Notre règle est la tolérance zéro, a dit
M. Figueroa quand ma mère est arrivée à l'école

après j'ai dû rester au bureau un putain de temps
et j'savais que j'allais avoir des problèmes parce qu'ils ont envoyé

Shawn à l'infirmerie et appelé sa mère
et tout ça et je me suis dit j'ai gagné, j'ai une réput'

celle d'un petit dur qu'il faut pas chercher
et je savais même pas comment je me sentais…

content ou triste, fier ou coupable, genre j'avais gagné ou perdu…
parce que Umi avait les yeux rouges en entrant dans le bureau

Elle m'a lancé un regard les yeux comme
des lasers, mais derrière elle il y avait mon pote Lucas

avec un grand sourire et le pouce levé, mais Umi
avait l'air triste, en colère, perdue, donc je savais pas

quoi faire avec mes yeux quand Mme Samuel et
M. Figueroa nous ont appelés dans le bureau pour répéter

que *Notre règle est la tolérance zéro !*   Tolérance zéro
Qu'est-ce que ça veut dire, ça ? a demandé Umi

Cela veut dire qu'Amal va être exclu
trois jours et que ça devra figurer dans son dossier

Nous avons présenté le règlement au début de l'année scolaire
Pas de bagarres, pas de harcèlement, pas d'insultes, pas d'agressivité

Tolérance zéro
Les élèves apprennent que les actes ont toujours

des conséquences et qu'il faut réfléchir à
ses choix, a dit Mme Samuel, en parlant comme un

putain de robot, et Umi la regardait comme si elle l'était
et elle a dit *Est-ce que l'autre garçon va être exclu ?*

Et M. Figueroa a dit *L'autre garçon a été envoyé à*
l'infirmerie   *Il a été gravement blessé*

Et puis   Et puis Umi m'a regardé
comme si j'avais fait la pire chose du monde   et

son visage   son visage avait l'air de lentement
lentement devenir comme   le miel qui coule de la cuillère

La tristesse descendait de son front à ses lèvres
Coulait et dégoulinait

Tu m'as tellement déçue, Amal, a dit Umi
Et mon   mon cœur   comme son visage

Coulait et dégoulinait
Puis elle a demandé *Il faut vraiment que ça figure dans son dossier?*

Les garçons se battent tout le temps, pas vrai, je veux dire il se bagarre toujours avec ses cousins, les gamins se blessent   les gamins

Ils font des erreurs idiotes
Qu'est-ce que trois jours d'exclusion vont bien pouvoir

Lui apprendre?   Il sera à la maison
Tout seul   je ne peux pas m'absenter du travail pour le surveiller

Les yeux d'Umi suppliaient pour quelque chose que M. Figueroa n'allait pas lui donner

Mme Samuel veut nous voir déployer nos ailes et voler
veut qu'on soit au maximum de notre potentiel

Études supérieures, il n'était question que d'études
supérieures, donc bien sûr
elle répétait *Notre règle est la tolérance zéro*

et Umi qui me regardait comme si j'avais fait la pire chose
au monde et Lucas qui a jeté un œil dans le bureau

et m'a regardé comme si j'avais fait la meilleure chose du monde
et Tanesha qui est entrée et m'a regardé

juste elle m'a regardé   et moi je l'ai regardée
en souhaitant très fort   n'avoir jamais

eu cette bagarre avec Shawn

OCÉAN

Depuis ce jour en CM2 où
j'ai été exclu trois jours
pour une bagarre

Umi me surveillait tellement, ses règles étaient si strictes
que c'était comme si j'essayais de
respirer sous l'eau

Toutes les conneries que je faisais c'était
pour remonter à la surface
respirer un peu d'air

CLONE

Depuis ce jour en CM2

mes profs me surveillaient tellement, de si près
que c'était comme si j'essayais de m'échapper d'une prison
alors que c'était juste l'école

Toutes les conneries que j'ai faites
ils pensaient que c'était à cause de

problèmes à la maison
un père absent
une mère fatiguée
pas assez de livres
pas assez de légumes
pas assez de sommeil

Ils croyaient à ces mensonges sur moi

et ont inventé
un tout autre garçon
dans leur tête
et l'ont mis à ma place

CONVERSATIONS AVEC DIEU

Pourquoi vous n'êtes pas de leur côté ? j'avais demandé à Clyde
Je ne l'appelais jamais monsieur Richter

Je suis pas un esclave et il est pas mon monsieur
maître

Grandma m'appelle *maître* Amal
parce qu'elle dit que
je suis maître de mon destin
je suis maître de mon sort
je suis maître de mon corps, de mon esprit et de mon âme

Donc il y avait de la place pour un seul maître
et Clyde n'en est pas un

(Je n'ai jamais dit à Grandma que la plupart du temps
je n'ai pas vraiment l'impression d'être un maître
je n'ai pas vraiment l'impression d'être celui qui a le contrôle)

Ces choses que Grandma me dit
sont comme
un plat de macaronis au fromage du dimanche

une paire de chaussettes pour mon anniversaire
un murmure à mon oreille disant qu'elle va me voler
        pour m'emmener à son église
une étreinte forte autour de ma taille, un baiser sur mon menton
        parce que je suis carrément plus grand qu'elle
Ces choses que Grandma me donne sont comme
un caramel ou un bonbon à la menthe qu'elle sort de son sac

Des douces promesses
qui font que je me sens spécial
seulement pour un petit moment
Puis elle retourne à la maison
à son église, à sa Bible, à son tricot
à ses achats pas chers dans les magasins tout à un dollar

à ses
douces
promesses

Je travaille pour toi, Amal,
Pour toi seul, a dit Clyde

Vous êtes là pour l'argent, j'ai dit

Amal… a coupé Umi

Il peut me poser toutes les questions
et moi je peux lui en poser aucune ? j'ai dit

Puis il a dit *Je suis là pour la justice*

Et c'est là que j'ai su pour de bon que
mon avocat parle avec deux bouches

Donc quand Clyde dit *Je suis désolé, Amal*
On a fait tout ce qu'on a pu
après que les policiers m'ont menotté

Je me rappelle qu'il ne m'a jamais vraiment dit
qu'il était de mon côté

AFRICAINS-AMÉRICAINS

Quand j'ai eu treize ans
Grandma m'a dit qu'elle m'emmènerait en
        Afrique

Je lui ai répondu l'Afrique n'est pas un pays
elle m'a donné une tape sur l'épaule et
m'a dit d'arrêter de faire le malin

Umi a dit que je devrais me mettre en contact avec mes
frères et sœurs musulmans sur le continent
et Grandma l'a regardée de travers

Elle a dit que son église organisait
un voyage au Sénégal et on irait dans un endroit
qui s'appelle l'île de Gorée et là il y aurait quelque chose
qui s'appelle la Porte sans retour

C'est par là que les esclaves devaient passer
pour embarquer sur un navire à destination de l'Amérique
C'est là que les Africains ont tout perdu
et sont partis vers un avenir qu'ils ne connaissaient pas

Alors quand les policiers ouvrent la porte
qui mène hors de la salle d'audience

je pense à ce voyage qui n'a jamais eu lieu
et à la Porte sans retour

Ma vie, toute ma putain de vie
avant cette salle d'audience
avant ce procès
avant ce soir-là
était comme l'Afrique

Et cette porte mène à un navire négrier
Et peut-être que la prison   peut-être que la prison
c'est   c'est l'Amérique

VENIR EN AMÉRIQUE

Le policier qui me tient le bras
m'enfonce ses ongles dans la peau
serre si fort
ça fait comme s'il s'accrochait
à un vaisseau sanguin
un truc comme ça
parce que mon cœur   mon cœur
suffoque

Je serre les mâchoires et tends chaque
muscle de mon corps

Je veux être comme l'acier, comme le fer
et j'espère
être surhumain

L'ENTERREMENT

La prison du comté derrière la salle d'audience
on l'appelle les tombes
parce que c'est là que le système
enterre ses morts

Clyde m'a dit que je n'aurais pas la prison à vie
et que je n'aurais pas la peine de mort non plus

J'imagine que ça sera quelque part entre les deux
          comme Jeremy Mathis

suspendus au milieu

Morts pour le monde
mais quelque part dans notre âme
nous grattons tous les deux les murs
hurlant au ciel
frappant le vide
pour que tout et tout le monde sache
que nous sommes là-dedans
toujours vivants

Les tombes c'est là où on

attend de la place en prison

enfer

Je suis sûr   je suis sûr

Les tombes c'est là où on laisse
nos corps pour que nos âmes
puissent brûler en enfer
Je suis sûr   je suis sûr

C'est ce que la mère de Jeremy Mathis
veut croire
Elle l'a dit elle-même
J'espère qu'il va en enfer
pour ce qu'il a fait à mon fils

ENFERS

Il y a d'autres frères
là-dedans avec moi
certains de mon âge
certains plus vieux, certains très vieux

Et c'est comme si toutes nos routes
menaient à ce point-là
sans même croiser
une impasse
avec rien d'autre
que des murs en béton
et des barreaux en fer
qui nous enferment

On se fait un signe de tête
C'est notre manière de dire
Je te vois, frère
Nous ici

Et la discussion
s'arrête là

Mais on parle avec
nos mains

nos yeux
nos corps

Tête en arrière
menton haut
regard qui se balade
mais ne se pose jamais

On prend l'espace
sans franchir
des frontières invisibles

On se déplace les uns autour des autres
sans jamais se heurter l'épaule

Certains d'entre nous ajoutent d'autres murs
Certains d'entre nous ont l'air
            prêts à détruire tous les murs
La plupart d'entre nous deviennent les murs

Je trouve une place pour m'asseoir
parce que je me sens comme si
tout ce qui était vivant en moi
flottait au loin
je ne suis pas dans mon corps

C'est le choc, c'est tout… Le choc
Grandma a dit le soir de mon arrestation
quand je regardais dans le vide
pas là, quelque part là-bas

Je me souviens de ce sentiment
d'être dans un rêve
ou un cauchemar
comme si cette vie n'était pas la mienne
comme si j'étais entré dans la chair et les os
de quelqu'un d'autre qui fait semblant d'être moi
et j'attends une ouverture
dans l'univers pour me sortir de
cet état de rêve
ce nuage de brouillard
ce corps fantôme
qui n'est pas moi

Le sommeil essaie de me tomber dessus
comme une vague immense de l'océan
et m'entraîne profondément   profondément

Je peux peut-être toucher le fond de l'océan
et les ancêtres du Passage du milieu
me tirent par les pieds   me disent de rentrer à la maison

C'est peut-être la seule fois que
je peux respirer
sous l'eau

Shahid !

Qui aurait cru que les voix
pouvaient être si fortes
sous l'océan

Amal Shahid !
Qui de toute façon connaît mon nom
sous l'océan

Et je remonte chercher de l'air
flottant à la surface
le visage regardant en haut

vers un ciel de béton, sombre et sans soleil
Y a-t-il un Amal Shahid ici ?
L'air m'arrive dessus en une grande bouffée

et je m'étouffe presque avec mon souffle
Là… là ! Je suis là !

Ils se moquent de moi
Et c'est la première fois que
Je me sens   je me sens
          À nu

Ils m'charrient
de m'être endormi

alors que le monde   le monde entier
nous a décollé les paupières
et dérobé tout
                                        repos paisible

Shahid ! ils appellent encore une fois
C'est ton tour

BROYÉ

C'est comme si j'étais de la viande ou du blé
Devenu un burger ou des tranches de charcuterie
Devenu des pâtes ou du pain
        Broyé
Pas le garçon que j'étais avant la machine
Avant l'effondrement et la démolition
Avant l'addition et la soustraction

J'étais fait pour être consommé vite et facilement
Comme les chaînes alimentaires dans le quartier
        Umi disait ne va pas là-bas
        Disait qu'on est ce qu'on mange

Ces prisons   ce système
m'ont englouti tout entier

DROITS

Le soir de mon arrestation
j'ai cru que c'était la fin de ma vie
Peu importe qu'un type
appelé Miranda m'ait dit mes droits
de garder le silence   d'avoir un avocat
que tout ce que je dirais serait utilisé contre moi

J'ai gardé le silence et Umi a trouvé un avocat
J'ai tout de suite aimé Clyde parce qu'il m'a donné des livres
à lire

Pour te changer un peu les idées, il a dit

LIVRES

Le premier livre
qu'il m'a donné c'était
L'Autobiographie de Malcolm X

Et je pensais qu'il
essayait de me dire quelque chose
parce que Malcolm était musulman

Malcolm était un *caïd*
Malcolm était en prison
Malcolm ne pensait qu'au peuple noir

Malcolm est allé à La Mecque
Malcolm a dit une connerie
Malcolm a été assassiné

Le seul livre
que j'ai donné à Clyde c'était
The Rose That Grew from Concrete

Clairement
j'essayais de lui dire quelque chose
parce que Tupac était un poète

Tupac était un *thug*
Tupac est allé en prison
Tupac ne pensait qu'au peuple noir

Tupac est allé partout
Tupac a dit une connerie
Tupac a été assassiné

Clyde ne savait pas
qu'Umi m'a tout fait lire
sur Malcolm en quatrième

Clyde ne savait pas
que j'ai lu sur Martin Luther King
et Nelson Mandela aussi

Clyde ne savait pas
que j'ai lu des grands livres
et regardé des documentaires tout seul

Clyde ne savait pas
que je relirais ce livre en cinq jours
parce qu'au bout de deux mois

Il m'a demandé si j'avais fini
Et à ce moment-là
J'avais terminé douze livres

Pour me changer un peu les idées, j'ai dit

LIVRÉ

Être arrêté et être
interrogé on appelle ça *livré* à la justice
et cet endroit en centre-ville
s'appelle *le Dépôt*

Si Jeremy Mathis
finit par mourir
le juge me
livrera en pâture

C'est comme si tous les livres que j'ai lus
m'avaient préparé à tous ces
moments où je serai *livré*

Et Umi a travaillé comme comptable

pour des petites boîtes genre
le magasin de tissus de Mahmoud
la boutique de tresses de Fatima
la plomberie de M. Kingston
　　　　et ils sont tous venus à mon procès

Umi n’avait pas le temps de lire des livres
Il n’y avait pas assez de comptabilité
pour payer la caution, n’empêche

ARGENT

L'argent de la caution c'est la liberté
mais ça n'est pas gratuit

L'argent de la caution signifie rentrer à la maison
mais c'est comme une durée de location

L'argent de la caution m'a donné l'impression
qu'il y avait une justice

L'argent de la caution m'a montré que
les gens me croyaient

L'argent de la caution c'était les amis d'Umi
et la famille qui donnaient tout ce qu'ils pouvaient

L'argent de la caution c'était des enveloppes
dans notre boîte aux lettres

L'argent de la caution c'était devenu des pétitions en ligne
et une page GoFundMe

L'argent de la caution c'était
des menottes invisibles

L'argent de la caution c'était la promesse
de remettre de vraies menottes

L'argent de la caution ne va pas
me sauver maintenant

NOUVELLE IDENTITÉ

Le jour de ma condamnation
je mémorise
    mon numéro d'écrou
    mon crime
    ma peine

Le jour de ma condamnation
j'oublie
    mon numéro de carte scolaire
    mon top trois d'universités
    mon emploi du temps

ADN

Avant que certains d'entre nous quittent
la prison du comté
les policiers nous ont attachés…

Et je suis enchaîné
de nouveau… Peut-être que ce sont les
mêmes chaînes qui me lient

à mes ancêtres…
Peut-être que ce sont les mêmes
chaînes qui me lient à

mon père et au
père de mon père et à tous les
hommes qui étaient là avant

lui… Liés les uns aux autres
comme ces brins d'ADN dont
j'ai entendu parler en

cours de SVT… Et
peut-être que je ne suis pas censé
me libérer d'eux…

C'est
la
première
fois
que
mes
pieds
sont
attachés

Où
je
suis
censé
courir
putain
de
toute
façon

PASSAGE DU MILIEU

Il n'y a pas eu
de temps intermédiaire
pour dire au revoir

Je suis passé de
gamin à délinquant à criminel
à prisonnier à détenu

Nous sommes déplacés de
la prison du comté
dans un bus
et du bus
nous allons au
centre de détention pour mineurs
Nous ne sommes pas assez nombreux
dans ce bus
pour occuper tous les sièges

Donc j'en prends un près de la vitre
Et c'est un soulagement que mes mains
soient menottées devant moi
et pas derrière moi

Je regarde dehors et le ciel est une dalle de béton
au-dessus de nous
Je cherche la lune

Il y a deux gardiens dans le bus
un à l'avant, un à l'arrière
On dirait presque une sortie scolaire
presque
Sauf que Sauf que
le silence étouffe mes oreilles

L'absence de voix
on dirait des mains froides enroulant
leurs doigts glacés autour du son

Et

peut-être qu'il n'y avait jamais
autant de place sur
les navires négriers

J'voudrais tellement m'allonger
J'voudrais tellement fermer les yeux
J'voudrais tellement rêver et dormir profondément

Il y a un gars sur le siège opposé
et il regarde par la vitre de son côté
comme moi je fais semblant de le faire

À un autre moment un autre endroit
j'imagine que la conversation commencerait comme ça:

Yo, mec, moi c'est Amal… Et toi?

Mais il se tourne vers moi comme si
il avait senti mon regard
sur l'arrière de sa tête
et il dit
Tu regardes quoi là putain?

Je retourne à mon
ciel gris foncé

Et je sens la chaleur une seconde avant
qu'il atteigne l'arrière de ma tête
avec ses poings menottés

C'est trop tard pour esquiver
Le coup me fait cogner la vitre

Elle aurait dû se fracasser
J'aurais dû me fracasser

Et je me mets en boule
La tête blottie au creux des bras

Je me replie sur moi-même
Et j'attends que la douleur augmente

Et c'est là que j'ai compris que l'histoire
            qui n'est pas vraiment mon histoire
n'est pas sortie de la salle d'audience
pas encore

L'histoire que je pensais
être ma vie
n'a pas commencé le jour
où je suis né

L'histoire que je pensais
être cette vie
n'a pas commencé le jour
où je suis allé dans ce parc

L'histoire qui je pense
sera ma vie
commence aujourd'hui

tout ce qui est arrivé
avant aujourd'hui

n'est que le préambule
les antécédents

l'histoire derrière l'histoire

Avant aujourd'hui rien ne compte

Ça ne compte même pas
que je n'étais pas censé être
avec Omari ce soir-là

Ça ne compte même pas
qu'Umi voulait que je sois rentré pour dix heures
et je savais qu'elle était encore dehors
à se faire coiffer ou autre chose
et qu'elle ne saurait même pas
          sans doute même s'en ficherait
parce que j'étais avec Lucas

Sauf que non

Lucas était avec sa copine
et j'étais avec Omari
qui avait amené son pote Antwon
qui a dit qu'il avait toute une équipe
qui l'attendait à côté des terrains
pour une partie deux contre deux

et si on venait avec lui
ça ferait un trois contre trois

Mais je ne suis pas ballon

Donc j'ai dit à Omari que je préférais aller
au skatepark
parce que j'aime pas le basket comme ça

Mais il n'allait pas lâcher son pote
Antwon comme ça
Et je n'allais pas lâcher mon pote
Omari comme ça

Même si Lucas m'a lâché
juste pour une fille
et j'aurais aimé   tellement aimé
avoir une copine aussi
mais Zenobia
                              Zenobia c'est son nom
ne sait même pas
qui je suis

Je parie qu'elle sait maintenant
Zenobia sait mon nom

Ça compte

J'ai essayé de dire à Omari
que je ne voulais pas chercher ces
garçons blancs d'East Hills
qui nous *ont* dit
qu'ils ne veulent pas de nous sur leur territoire
comme s'ils étaient propriétaires de cette merde
Ils le sont   Ils le sont

Il a dit *T'es avec moi*
donc t'es tranquille

Et j'ai dit *J'ai des potes*
qui m'attendent au skatepark

C'était un mensonge
alors il a dit *Détends-toi 'Am*
Ils vont pas te faire chier

Et je n'ai pas dit
que par ici dans ces rues
sur ces terrains   dans ces parcs
ils doivent te connaître
ou connaître quelqu'un qui te connaît

Par ici dans ces
rues   terrains   parcs
ils vont soit

prendre ta défense
soit
t'accuser

Je capte un de ces types
dans le bus qui me regarde
me fixe   me met au défi de
dire quelque chose

Alors ce bus   ce bus
c'est les rues   les terrains   le parc
sur roues   moteur rugissant
Un navire qui se dirige vers le nouveau monde
et nous sommes tous là-dedans   avec des chaînes
autour de nos poignets   autour de nos esprits
                    autour de nos cœurs

Alors je le laisse juste me fixer

VENIR EN AMÉRIQUE II

Nous allons vers l'ouest
là où le soleil est
un monde orange-bleu
une étoile colorée à lui tout seul
qui tombe
tombe
tombe
tombe

Et à voix basse
les mots nagent
sous la surface de mes pensées

À voix basse
mes rimes coulent comme de l'eau
Et alors, et alors

Elles roulent sur le rivage comme des vagues
Et alors, et alors

Je déborde
je ne peux plus les retenir
je ne les retiendrai plus

mes rimes
mes mots
ma vérité
sont comme un tsunami

Est-ce qu'on comprendra un jour
En enchaînant l'esprit avec notre consentement
Volé à l'ordre naturel de cet univers
En enchaînant l'esprit avec notre consentement

Que vois-tu quand tu me vois ?

L'ennemi ? *Celui qui est en moi ?*

Comment ont-ils trompé les intrompables ?
Comment ont-ils envoûté les mystiques-nés ?

Hé ferme ta putain de gueule ! crie quelqu'un
Mais j'en ai rien à foutre

Je vais vous dire *Je vais vous dire*
Je vais vous parler d'une époque quand je regarde en arrière
Le fouet sur mon dos
La hache sur mes pieds
Ensuite j'ai du mal à marcher droit
Et la bouche ouverte je tremble
Au lieu de crier *Impossible de pleurer*
Envie de mourir

Ma langue est partie
Vue pour la dernière fois sur le sable
Près des rivages de cette terre
Ci-gisent mes yeux   *Ci-gisent mes yeux*
Comment ont-ils trompé les intrompables ?
Comment ont-ils envoûté les mystiques-nés ?
Je vais vous dire
Je vais vous dire
C'était un truc de malade

FERME TA PUTAIN DE GUEULE ! dit quelqu'un d'autre

Non ! j'ai crié
Jamais
Je ne fermerai pas ma putain de gueule

ESPOIR

J'espère
qu'ils ne me tuent pas là-dedans

J'espère
pouvoir supporter la douleur

J'espère
avoir le temps de guérir

J'espère
être plus fort que je le crois

J'espère
que tous les livres que j'ai lus me sauveront la vie

J'espère
que mon cerveau est un muscle

J'espère
avoir des super-pouvoirs

J'espère être surhumain

PARTIE II

AMÉRIQUE

Nous sommes là
et c'est comme si Allah avait fermé ses
yeux et s'était endormi sur moi

La nuit ici c'est mort
Loin de Dieu

Mais tout ce que je vois ce sont des lumières
Pas la lumière du soleil
Ni celle au bout du tunnel

Ce sont les flashes lumineux d'une voiture de flic
C'est un flash sur mon visage

C'est une lumière qui me donne envie de
me mettre en boule
comme les cheveux crépus dans l'eau
se rapprochent de la peau
cherchent cet endroit chaud et sûr
pour se mettre à l'abri du monde

Agent Stanford c'est ce qu'il y a sur son badge
Un type noir avec un visage lisse
qui aide les autres gars à descendre du bus

Je regarde comment il tient par le coude
pose sa main sur le dos
presque gentil, comme un prof

On est grave silencieux aussi
parce que le seul son qui
pourrait sortir

c'est le crépitement des flammes
Pas de pleurs, pas de cris, pas d'injures
juste l'épais silence de l'attente de la douleur

Stanford croise mon regard
et je baisse les yeux

C'est à moi de descendre du bus
et il me tend la main
et je dois faire attention à ne pas
faire un pas trop grand ou trop loin
ou autre

Alors je m'appuie sur lui comme si c'était une rampe
Sauf que   Sauf que

Il retire sa main vraiment vite
et mon pas est trop grand
la chaîne est trop courte

Et je vois le sol arriver
comme

un
quinze
tonnes
à
pleine vitesse

Et je le jure
je le jure
cette fois

Je
me suis fracassé
en
mille
morceaux

Je ne peux pas m'empêcher de crier
parce que
je le jure   je le jure

mon visage est fendu en deux

parce que c'est comme si j'avais été
tranché de haut en
                    bas
                    au
                    milieu

Stanford m'aide à me relever et
je le jure
j'ai laissé mon visage par terre

Ça coule sur mes lèvres
et je ne peux même pas m'essuyer
parce que ce qui reste va peut-être
finir sur mes mains menottées

Fais attention, Shahid
il siffle

Et je continue de pleurer comme un
putain de bébé
parce que tout fait mal

Et j'ai envie de le frapper
au visage si fort   si fort

Mais je
ne me suis bagarré qu'une fois
avant ce soir-là avec Omari

Je n'avais pas besoin de tout le temps lever les mains
serrer les poings, esquiver les coups
avant ce soir-là avec Omari

Et je suis prêt   tellement prêt
à exploser la tête
de ce trou du cul d'adulte

si mes mains   mon corps   ma vie
n'étaient pas enchaînés là tout de suite

Je vais te dire un truc, petit négro
il me siffle à l'oreille

Et le souvenir le souvenir
m'est revenu…

Umi a attrapé et tordu mes lèvres
quand elle m'a entendu dire
négro
pour la première fois

J'avais cinq ans
et je pensais que c'était juste un mot
comme n'importe quel autre mot
comme les chiffres et les lettres
comme les anciens au coin de la rue
mes cousins de par ici
mes amis au parc
qui m'appellent
petit négro
petit négro
petit négro
comme si c'était mon nom

Je ne veux plus jamais t'entendre prononcer
ce mot, tu m'entends ?
tu n'es pas un nègre *et les garçons*
avec qui tu traînes non plus, ni aucun garçon d'ailleurs
Tu m'entends, Amal ?

Umi ne m'a plus jamais entendu le dire
parce qu'à l'école
dans ces rues   terrains   parcs
négro c'était comme frérot
négro c'était comme poto
négro c'était comme ennemi
négro c'était comme
                    tout ce que nous sommes, étions, serons toujours
                    c'est que des conneries
                    comme a dit Umi

Stanford chuchote fort comme une lame émoussée
sur une peau épaisse

Y a zéro star de cinéma ici
Y a zéro putain de célébrité
Y a zéro rappeur, basketteur
rien de cette merde

C'est peut-être ça se noyer
l'humidité (sang & larmes)
qui recouvre ce qui reste de mon visage

Et à l'intérieur de cet immense bâtiment gris
le centre de détention pour mineurs…
avec ses lumières vives
c'est le fond de l'océan

Je ne vais pas pouvoir respirer là-bas

ENCHÈRES

Lacets et ceinture !
dit la dame derrière le bureau de l'accueil
Elle ressemble à toutes les autres dames de mon ancien quartier
mais je ne la fixe pas trop longtemps
parce que les lumières ici
les murs ici
les vitres et les verrous partout ici
m'obligent à rester vigilant

Je regarde le bout de mes chaussures
Celles qu'Umi vient de m'acheter

Lacets et ceinture ! la femme hurle cette fois

Je déboucle et tire sur le cuir
Mon cœur bat à toute allure parce que ce pantalon
va tomber et je vais devoir
le remonter   le remonter

J'ai toujours détesté ça   Baggy

montrer son caleçon   exposer son cul
le mien je le porte haut, à la taille

un survêtement serré aux chevilles
avec des Adidas ou des Vans

Plus skateur que basketteur
Plus intello que *thug*
Plus dreads que dégradé
Plus Kendrick Lamar que Blueface
Plus moi qu'eux

Rien de tout ça ne comptera ici
parce qu'on me met complètement à nu

On m'habille exactement comme je l'imaginais
          exactement comme dans les films
Combinaison orange

baskets de contrebande avec des Velcro

Si je plisse juste un peu les yeux
cet endroit ressemble même à l'école aussi
avec ces murs gris et ces lumières fluo
C'est trop propre ici
plus propre que mon école
et qu'un paquet d'endroits dans mon quartier

Et ça sent rien
Peut-être que rien sentir c'est comme l'enfer

Il y a même sur le mur des dessins décolorés
Bugs Bunny, Mickey Mouse, un soleil qui rit
des oiseaux qui sourient et des nuages
comme si on était à Disney World ou un truc dans le genre
C'est un mélange de maternelle et de lycée ici

Comme si des peintures ratées d'oiseaux souriants
allaient nous rappeler qu'on est encore des enfants et
que les portes en fer allaient nous rappeler
que nous sommes des prisonniers

et

il y a des règles
qui
nous
obligent
à
suivre
des
lignes
droites
comme
des
petits
soldats
comme
des
robots
comme
une
colonne
de
fourmis
comme
si
nous
n'avions
pas
de
cervelle

Je ne pense pas
Je ne rêve pas
Je n'écris pas de poèmes
sur les failles dans mon cerveau

Et je n'envoie pas
des rimes tout haut

Mon visage me fait mal   Mon corps me fait mal
mais j'ai repoussé la douleur au plus profond
jusqu'à ce qu'elle soit tout au fond de ces
chaussures à deux balles

Je piétine mes propres émotions
je les écrase jusqu'à ce
qu'elles ne soient
plus
que poussière

Shahid, dit un garde
quand on arrive dans une immense salle
avec un tas de portes bleues

Les portes ont une ouverture au milieu
genre pour les mains ou les plateaux-repas
Il y a aussi une vitre
assez grande pour qu'un visage regarde dehors ou dedans

Voilà ta cellule
il dit en montrant une des portes
Voilà ton numéro de cellule
Mémorise-le comme si ta vie
en dépendait

Alors j'essaie de tout oublier
dès que j'entre dans
cette cellule
et que la porte en fer claque derrière moi

Je veux être une toile blanche maintenant

Ce ne sont pas les murs blancs
qui me rappellent
où je suis et ce que j'ai fait

Ce n'est pas la porte en fer
ou la planche étroite
fixée au mur
avec son fin matelas
        genre semelle de baskets
ou les toilettes argentées
attachées à un petit évier
        genre je dois me laver
        le visage là où je chie
        (Et je me rappelle Umi qui disait toujours
        ne mange pas là où tu chies)
ou la rangée de crochets au lieu d'un placard
        genre mon nouveau swag
        c'est dix versions de cette combinaison orange

C'est le lourd silence
Ce sont les voix que je ne reconnais pas
Ce sont les cris et hurlements qui jaillissent d'un coup
C'est ce bourdonnement suivi du claquement métallique
encore et encore et encore
        comme si chaque fois que ces portes se ferment
je sombrais plus profondément dans l'enfer
je le sens dans mon ventre
        le caillou que j'avais dans la gorge
        le pavé que j'avais sur la poitrine
La montagne dans ma gorge

l'immeuble sur ma poitrine
sont maintenant toute une région et une ville
dans mon ventre

Un endroit lourd, bondé, déglingué
là, au milieu de moi

Alors je m'assois sur ce fin matelas
et je me tiens la tête entre les mains
J'écoute ma respiration
        la seule chose en laquelle je crois à cet instant
J'écoute mon cœur
Et voilà les souvenirs qui restent en moi
        des heures après avoir vu ma famille
Leurs visages sont toujours là
sous mes paupières
Leurs voix me parlent
dans ma tête
Et la maison m'appelle par mon nom aussi
        Amal

Je n'oublie pas le bruit de la ville
les klaxons, les sirènes
les potes du quartier qui disent des conneries
la musique qui pulse

Chez moi il y a un rythme, une basse, un groove
donc c'était toujours facile
de le mettre en rimes, de le chanter, de le danser
de le dessiner, de le peindre

Ici, il n'y a pas de musique
le silence et les portes en fer qui se ferment
et ce bourdonnement comme à la fin d'un
quart-temps dans un match de basket
Une sonnerie nous dit que le match est fini
encore et encore   encore et encore

extinction des feux

DIEU, L'ARTISTE

Allah est le seul artiste ici
Et Il préfère prendre pour toile la nuit la plus sombre

Il peint le passé avec des larges traits, des couleurs vives
Et les souvenirs dansent dans mon esprit
en couleurs

Il peint en mots et en voix, en rimes et en rythme
Et chaque murmure, chaque conversation frappe le tambour
dans mon esprit
à plein tube

Il peint les mauvais choix, les regrets, les rêves brisés
Et les connaissances, amis, ennemis se moquent de moi
dans mon esprit
vraiment vraiment fort

lumières

FAIRE TAPISSERIE

Le soleil est haut
Il brille à travers une minuscule fenêtre
au-dessus de mon lit étroit
Le matelas ne peut même pas
s'appeler un matelas
Il y a un petit bureau et un tabouret
fixés au mur
tout là-dedans
est attaché à un putain de mur
et je me demande combien de temps
avant que je sois attaché au mur aussi

Je ne veux même pas me lever
parce que c'est seulement maintenant
que le sommeil enfin
ferme mes paupières

Et je me demande   je me demande
si Jeremy Mathis s'est réveillé aussi

LEVER DU SOLEIL

Quelqu'un glisse un plateau
par le trou dans la porte

Pas de la nourriture
mais assez semblable
Serviette roulée, dentifrice
petit pain de savon, brosse à dents
et une paire de tongs noires

Lent Lent Lentement
Je fais ce que je dois faire
Les choses qui me rendent
encore humain

La porte s'ouvre
C'est une surveillante
Bonjour !
Douche Petit déjeuner
dans le réfectoire
Rendez-vous avec ton agent pénitentiaire
et l'assistante sociale
Puis tu commenceras ton programme
elle dit

Elle est maquillée
Ombre à paupières à paillettes
et lèvres brillantes
Ses tresses sont plaquées sur sa tête
comme celles de Dionne comme celles de Zenobia
Elle sourit
et quelque chose de chaud monte
dans mon ventre
dans cet endroit déglingué
comme un soleil, peut-être

PIPELINE

Nous marchons l'un derrière l'autre
nos mains serrées dans notre dos
Nos serviettes enroulées dans nos poings

J'avais l'habitude de me mettre en rang comme ça
en maternelle
mais avec un doigt sur les lèvres
je marchais mon pote à côté de moi
Si je me retournais
ou parlais ou
          sortais du rang
j'avais des soucis
J'avais toujours des soucis
parce que j'avais toujours un ami
devant, derrière, et à côté de moi
Il y avait toujours un truc
à dire   à demander
Il y avait toujours une blague à raconter
ou qui faisait rire

Mais ici et maintenant
ce n'est pas une salle de classe, c'est un quartier de cellules
ce ne sont pas des toilettes, ce sont des cabinets et des douches ouverts

ce n’est pas une cantine, c’est un réfectoire
ce ne sont pas des amis, ce sont des détenus, des criminels
et des délinquants

Si je plisse les yeux
je vois à peine la différence

CONVERSATIONS AVEC DIEU II

Je connais son visage
mais je n'ose pas le regarder

Stanford est assis derrière une table dans un bureau
on dirait que c'est lui le responsable

Les bureaux ici
c'est comme le bureau du proviseur
ou l'infirmerie à l'école
Des endroits qui sont censés
          aider

Il me fait signe de m'asseoir
tandis qu'il regarde l'écran d'un ordinateur
en tapant des trucs sur moi, j'en suis sûr

Ton visage a l'air mieux
il dit

Ça n'est pas toujours une bonne chose ici
Ne le tripote pas
N'essaie pas de le soigner
Ça permet aux autres de savoir qu'il ne faut pas

te chercher pendant un moment
Quelqu'un s'en est déjà occupé

N'empêche, il ne me regarde pas
et je commence à ne plus me préoccuper
d'être visible et invisible à la fois

Je vais te poser quelques questions
Sois honnête   Ne me raconte pas de conneries
il dit

Je prends toutes tes infos de base
mais ne va pas chercher trop loin
Je ne suis pas un psychologue
Je ne suis pas ton médecin
Je ne suis pas ton papa
J'entre juste les données
et quelqu'un d'autre va
s'en occuper

Je garde la tête haute
comme Oncle Rashon m'a dit de faire
Je garde les yeux dans le vide
comme Oncle Rashon m'a dit de faire
        même s'il n'a jamais été obligé de
        s'asseoir devant quelqu'un
        qui voulait le détruire

Sur une échelle de un à dix
à quel point es-tu heureux ?
demande Stanford

Et je n'ai pas de réponse à lui donner
Cette question…
Je n'ai même pas les mots
Zéro, je dis

Sur une échelle de un à dix
À quel point es-tu en colère ?

Onze, je dis

As-tu déjà essayé
de te faire du mal ?

As-tu déjà eu l'idée
de te faire du mal ?

As-tu l'idée
de te faire du mal maintenant ?

Sur une échelle de un à dix
quelle est la probabilité que tu te fasses du mal maintenant ?

Et je me demande si ces questions
sont vraiment
des suggestions

CONVERSATIONS AVEC DIEU III

Comment tu te sens aujourd'hui, Amal ?

Ça ressemble au bureau du proviseur
sauf que ça ne l'est pas
la plaque sur son bureau dit qu'elle est la
DIRECTRICE DE LA PROBATION ET
DE LA DÉTENTION DES MINEURS
et elle s'appelle Cheryl-Ann Buford

Je me tais, tête baissée

OK, alors *Je veux que tu saches que tu n'es pas*
du tout différent des autres garçons qui passent
par mon bureau *Silencieux, effrayés, inquiets*
Je le comprends et je suis là pour toi
elle dit
Dame blanche avec
cheveux tirés, rouge à lèvres rouge foncé, boucles d'oreilles en or

Voici ton programme *Comme un emploi du temps à l'école*
Tu as la possibilité de suivre des cours pour avoir des crédits
et obtenir ton diplôme d'études secondaires ou de
perdre ton temps, ne rien faire pour améliorer tes compétences

pendant que tu es ici   *C'est ton choix*
comme tous les choix que tu as eus
mais si tu t'abstiens d'aller en cours
tu dois rester dans ta cellule toute la journée

alors je dis *Je vais suivre les cours*

Bien, excellent choix, Amal

Elle me donne un manuel

Lis bien chaque mot, chaque page
Ne t'inquiète pas, tu as tout le temps que tu veux
Si tu as la moindre question, fais-le-moi savoir
Nous sommes là pour t'aider, Amal

Je ne crois pas qu'elle puisse vraiment m'aider

PIPELINE II

Au collège
je voulais être élève-surveillant
tellement   mais il y a des règles

Tu dois avoir au moins dix-sept de moyenne
presque pas d'absences
un uniforme impeccable chaque jour
et une mère qui apporte des cookies à la réunion des parents d'élèves

Je ne cochais aucune de ces cases
alors moi et mes potes
on faisait les bouffons avec tous les élèves-surveillants
même les filles
On leur jetait des boulettes de papier
leur donnait des tapes sur la nuque
les menaçait s'ils caftaient

Alors quand l'un d'eux nous a dénoncés
on a été renvoyés pendant une semaine
et on nous a attribué à chacun un élève-surveillant
pendant encore une semaine parce qu'on était en probation

Vous devez apprendre à respecter l'autorité
même si cette autorité est représentée par l'un de vos camarades
le proviseur, M. Johnson, a dit avec sa voix grave

Umi trouvait que c'était une bonne école
et elle a fait tout ce qu'elle a pu pour que je reste...
Mais moi je crois qu'on devrait l'appeler

Académie Tolérance Zéro
ou
École Privée Pas de Seconde Chance
ou
Prépa Prison

SCOLARISÉ

Hé mec, qui t'a tabassé comme ça ?

Nous sommes dans une salle de classe, ou une pièce
qui ressemble à une salle de classe et
il y a des bureaux comme si on était à l'école

Hé, je te parle

Le gars est assis juste à côté de moi –
petit et maigre avec une mauvaise
coupe de cheveux –
et il demande ça assez fort pour
que tout le monde entende
Un des gardiens qui se tient
à côté de la porte
nous lance un regard et je sais
que c'est un test

Je ne sais pas, je dis

Putain comment tu sais pas ?
C'est ton visage

J'avale ma salive gorge serrée et le regarde droit
dans les yeux
et dis *Personne*   *Personne a fait ça*

C'est un cours de maths
Des trucs que j'ai appris en sixième
Un des gardiens pose un
cahier vierge
sur mon bureau

Le prof
est un homme noir et petit avec d'épaisses
lunettes
je n'ai jamais eu d'homme noir
prof de maths
jamais

Monsieur Shahid, c'est ça ? il demande
Je suis M. Bradley   *Avec un peu de chance*
vous pourrez rattraper   *Nous préparons*
au diplôme de fin d'études secondaires
ou vous pouvez travailler pour obtenir
des crédits pour votre dernière école
Je hoche la tête   calme   immobile   vide

SCOLARISÉ II

L'été dernier
Mme Rinaldi m'a aidé
avec mon book pour que j'intègre
un programme d'été en beaux-arts stylé

Ce programme en beaux-arts
était censé m'aider
à travailler sur mon book
pour l'université

Une université d'art

Pourquoi je peux pas juste faire une peinture murale
prendre une photo et leur envoyer ?
je lui avais demandé

Tu rêves grand, Amal
Ne cesse jamais de rêver grand
Mais pour l'instant, pose ce rêve sur du papier
C'est plus facile à transporter
elle a dit

Donc j'ai fait des tableaux sur des petites toiles
Elle m'a donné de la peinture acrylique

et des crayons à dessin qui étaient dans des boîtes en bois
et du papier qui avait l'air d'être fait à la main

Je ne lui ai jamais montré mes poèmes, n'empêche
Je peins avec les mots, aussi

J'ai intégré ce programme d'été

Je ne suivrai pas ce programme d'été

SCOLARISÉ III

Mme Rinaldi donnait un cours avancé en histoire de l'art
et pour une raison étrange
les cours avancés avaient l'air d'être
réservés aux gamins blancs dans mon école

Et pourtant j'étais là dans mon seul cours avancé
le seul gamin noir de la salle
à regarder des diapos de vieux tableaux
et c'était super chiant
Des couleurs pâles et ternes
Des riches Blancs tristes et blêmes
qui ne font rien d'autre qu'avoir l'air tristes

Alors j'ai remonté ma capuche
et j'ai baissé la tête
Là, sous mes paupières fermées
je pouvais me peindre un monde
qui avait du sens

Puis il y a eu cette fois où
Mme Rinaldi a tiré d'un coup
ma capuche en arrière

Si tu ne peux pas être attentif pendant mon cours
alors tu ne mérites pas d'être ici
elle a dit les dents serrées

Alors j'ai pris mon sac
et je suis sorti

J'ai laissé tomber le cours

Elle m'a laissé tomber

SCOLARISÉ IV

Personne ne m'a aidé à intégrer
le lycée d'Arts plastiques d'East Hills, n'empêche

Umi m'a acheté
des aquarelles et une grande toile

Et si je foire ? j'ai demandé

Laisse venir comme ça vient, Amal
elle a dit

Et j'ai dessiné et peint
peint et dessiné
tout cet été de mes treize ans

Le jour où je devais me rendre à l'entretien
j'ai porté mon tableau sous le bras
Il faisait presque ma taille, ma hauteur
et il pleuvait

Toutes ces lignes droites et arrondies
toutes ces couleurs

toutes ces vérités
on aurait dit qu'elles pleuraient

J'ai intégré cette école, n'empêche

SCOLARISÉ V

M. Bradley essaie de toutes ses forces
que ça ressemble à l'école
Donne son cours et résout des problèmes au tableau
Nous pose des questions et attend des réponses

Mais un des gars –
celui qui m'a posé toutes ces questions –
se met à rire et à raconter des blagues

Kadon c'est son nom
et en quelques secondes deux gardiens entrent
et l'attrapent par les bras
et le traînent hors de la classe

On s'écarte
quand Kadon commence à donner des coups de pied dans
les chaises et les tables
et à crier *Lâchez-moi putain !*

Les autres gars rient
J'essaie de ne pas avoir l'air flippé
À ce moment-là
je suis content d'avoir des bleus sur le visage
C'est mon masque pour l'instant

J'aurais aimé avoir une capuche pour me cacher, aussi
Donc je glisse sur mon siège
comme j'avais l'habitude de le faire pendant
le cours de Mme Rinaldi

Invisible

TEMPS LIBRE

La salle commune
est l'espace grand ouvert
à l'extérieur des cellules
avec des chaises et des tables fixées
au sol
dans notre quartier de cellules

Il y a un grand bureau
qui se trouve sur une estrade
c'est là qu'un gardien
nous surveille
Cette fois c'est Stanford

Jeux de cartes,
crayons de couleur bon marché, cassés
papier, jeux de société
sont posés au milieu de chaque table
comme si c'était la récré

Ils appellent ça temps libre
et c'est le plus gros des mensonges
parce qu'on est
toujours là-dedans

TOILE BLANCHE

J'ai
un crayon
et du papier
je ne savais pas que
je pouvais avoir ce petit
morceau de liberté entre les mains

Une page blanche   Je ne sais même
pas où   commencer alors je
me dessine   une porte
grande ouverte et alors   peut-être c'est par là
que je sors   et entre dans
ma liberté   vers l'air libre
Le vent souffle   fort comme ce
jour sur la   grande roue
quand moi et   Lucas on était coincés
en haut et   on est juste restés
là à regarder   en bas le
monde et   les gens qui étaient
comme des fourmis comme si   on pouvait
juste rapprocher nos doigts et les saisir un par un et peut-être même les lancer en l'air On se sentait comme Dieu

Et puis

quelqu'un tire le cahier
de sous ma main
et je reste en tenant cette arme
                    ce crayon
                    comme un canon

Kadon est revenu –
et c'est sa manière à lui de me montrer
qu'il essaie de me tester

Shahid !
appelle un gardien

Je ne lève pas le regard
Je ne regarde pas autour de moi

Le gardien s'approche
Son ombre comme un nuage d'orage

Qu'est-ce que tu vas faire avec ça, mon gars ?

Je lève les yeux
C'est un des gardiens blancs
qui me regarde fixement
les manches de sa chemise retroussées

Il s'appuie sur la table
Ses bras près de mon visage
assez près pour que je puisse voir
ses tatouages

je regarde et regarde fixement
et je vois ce qu'il veut que je voie

Un bébé noir
Un bébé noir
avec une corde   une corde
autour du cou   autour du cou

Mes yeux sont scotchés à ce tatouage
Je fixe
les détails, les lignes sur la corde
les yeux fermés du bébé, avec des larmes
qui coulent sur ses joues
Sa peau encore plus noire
sur le bras blanc

Ça me donne envie de
hurler

J'ai un caillou dans la gorge
J'ai un pavé sur la poitrine

Le caillou devient une montagne dans ma gorge
Le pavé devient un immeuble sur ma poitrine

Il y a un grondement dans mes os
Alors je me lève et je repousse la table
je veux que ce gardien soit écrasé sous son poids
ou qu'il vole en l'air et fracasse son corps contre un mur
et meure   et meure   et meure

Je ne comprends même pas comment ça arrive
Il m'attrape et en quelques secondes
quatre gardiens sont sur moi
ils pressent ma tête contre le sol froid, dur
un genou sur ma gorge
ma mâchoire, mon visage, ma tête
sont écrasés   écrasés

Cette région et cette ville sur ma poitrine
se fendent en deux
Les morceaux déjà cassés
sont brisés et broyés
jusqu'à ce qu'ils ne soient

plus

que

poussière

extinction des feux

CUBISME

Umi ne m'a jamais
bouclé obligé à rester
dans ma chambre quand
je l'avais déçue

Quand le monde tourne
j'éteins les voix
Tout ce qu'elle dirait c'est que
le soleil va encore se lever

peu importe l'obscurité
qui entre ici
peu importe la solitude
que je commence à sentir

je peux encore être la lumière
peu importe la peur
j'entre ici
je commence à me souvenir

je m'appelle Amal
et Amal veut dire
espoir veut dire qu'il y a
encore un lendemain

Mais il n'y a pas d'avenir entre ces
quatre murs quatre murs
qui m'enferment qui m'enferment
alors je frappe le vide

boxer dans le vide avec Dieu
s'entraîner avec ces quatre
coins comme s'ils étaient tous
des versions différentes de moi

Les angles à quatre-vingt-dix degrés
d'Amal – des lignes nettes comme
une coupe dégradée, sauf que
je ne me dégraderai jamais

Je suis encore là   respire encore
le cœur qui bat encore comme un tambour
dans un endroit lointain qui s'appelle
chez moi   chez moi   chez moi   chez moi

CONVERSATIONS AVEC DIEU IV

Le Jour des Visites marche par nom de famille
par ordre alphabétique
et a lieu une semaine sur deux

S de Shahid
alors Clyde et Umi viennent à la fin
du mois
Et pendant toute une semaine
je fais le compte à rebours
Il y a assez de temps ici
pour suivre les secondes

Il y a une autre grande salle
à l'extérieur des portes verrouillées

C'est là que le monde attend
pour nous rencontrer pendant une heure

Dès que je la vois
je sais qu'Umi fait un énorme effort
pour tenir le coup
Ses yeux sont comme une vitre épaisse
qui retient un tsunami de larmes
Elle ne pleure pas

Elle se lève de son siège
et me serre contre elle
je la laisse me tenir
mais je ne ferme pas les yeux
parce que je risquerais peut-être de fondre entre ses bras
et elle devra m'emporter à la maison
dans le creux de ses mains

La voix de Clyde est comme des chaînes
à l'autre bout de la table ronde
qui me rappelle où je suis
et comment je suis arrivé ici

Nous pouvons faire appel mais cela prendra
beaucoup de temps, Amal
dit Clyde
Jeremy Mathis est stable
mais il est toujours sous

et *j'aimerais avoir plus de nouvelles*

Amal

Amal, je vais faire tout ce que je peux
pour te sortir d'ici
Tout ce qui est en mon pouvoir
Inch'Allah

dit Umi à l'autre bout
de la table ronde

Les tables du parloir
sont les rares choses rondes
ici
tellement de carrés
tellement de coins
tellement de boîtes

C'est comme quand les Blancs
disent des choses comme
essayer de faire entrer un carré
dans un rond
c'est ce qu'ils veulent dire
Mais je ne suis pas un carré

Plutôt un monde rond
moi-même
obligé de rentrer dans
tellement de boîtes

FAIRE TAPISSERIE II

Je ne suis pas encore fixé au mur
mais j'oblige mon corps à s'attacher
à ce lit

C'est Stanford qui vient dans ma cellule
et crie
Shahid ! Allez, on y va !

Je retiens mon souffle sous la fine couverture
Ils penseront peut-être que je suis mort et…

Shahid ! il hurle encore une fois
Il ne vient pas pour me tirer du lit
Il ne vient pas pour se battre contre moi et me démolir
Il ferme la porte

Et je sais   Je sais
qu'ils ne me forceront jamais
à sortir de cette cage

CONVERSATIONS AVEC DIEU V

Tu ne peux pas rester dans ta cellule autant
de jours d'affilée, Amal…
Je te suggère de profiter
de l'heure que tu as pour
le Jour des Visites…
Tu vas avoir besoin des souvenirs
de ces moments avec ceux que tu aimes
les gens qui s'inquiètent pour toi
dit Cheryl-Ann Buford

Ce que je veux dire :
Laissez-moi tranquille
Ne me parlez pas
Quand je vois ma mère j'ai l'impression
d'avoir un trou dans le cœur
Quand je vois mon avocat j'ai l'impression
que c'est lui qui a fait ce trou

Ce que j'ai dit en fait :
Rien

LA FENÊTRE OUVERTE

Peut-être que la journée a été très longue
et que le dieu de quelqu'un d'autre
a allumé et éteint
la lumière
alors la clarté et l'obscurité
le noir et le blanc

sont comme les lumières stroboscopiques dans une boîte de nuit
mais c'est silencieux   AUCUNE MUSIQUE
aucune âme   CLAP CLAP CLAP CLAP

Ma porte est toujours verrouillée et je regarde
par la petite fenêtre
les gars qui se rassemblent dans la salle commune

qui s'installent sur des sièges comme pour
une réunion ou un truc dans le genre

et je suis coincé dans cette boîte
à regarder derrière la vitre

et il y a un autre type
dans sa boîte qui tape et dit aux gardiens
de le sortir de là putain

Ils se précipitent vers sa porte et

je ne peux pas voir ce qu'ils lui font
mais je l'entends jurer

crier lancer des coups de pied se battre et ensuite
silence   silence   et les autres gars

sont assis dans la salle commune
à attendre que quelque chose commence et

c'est là que je la vois   glisser
en tenant quelque chose dans les bras –

un petit panneau et des marqueurs
Elle sourit et les gars se redressent sur leur siège

défroissent leur sweat-shirt
défroissent leurs sourcils

défroissent leurs rides
leurs erreurs, leur sale gueule

et je crois les voir sourire aussi
et elle regarde les gardiens

traîner l'autre type
dans la salle commune et il est

comme une chaussette mouillée   abattu
et pendant un instant je me demande si

il est même encore vivant mais ça
n'a pas d'importance parce qu'elle regarde

ma porte et je fais attention
à bien être dans la petite fenêtre comme ça

elle peut voir mon visage et peut-être
elle peut demander aux gardiens pourquoi je suis

bloqué là-dedans   Elle peut
demander aux gardiens de me laisser sortir comme ça

je peux voir ce qui fait
sourire tout le monde mais elle s'arrête

Elle ne sourit plus et elle
baisse les yeux et elle installe ses trucs

comme pour commencer la réunion
et je sais   J'ai l'impression

qu'elle va enseigner quelque chose que je ne
sais pas encore et je sais J'ai l'impression

que ces gars vont même pas s'intéresser
Ils ne font que la regarder juste la regarder fixement

comme moi là maintenant derrière la minuscule vitre
dans une boîte dans une boîte
dans une boîte dans une boîte

CONVERSATIONS AVEC DIEU VI

C'est seulement quand Cheryl-Ann Buford
vient dans ma cellule
qu'au moins je me redresse dans mon lit

Elle dit
Est-ce que c'est ta manière de nous dire
que tu préfères la solitude ?
Parce qu'on peut arranger ça

Je préfère *suivre le cours que cette dame*
donnait, je marmonne

La poésie ? Oh, ça c'est un bonus, monsieur Shahid
Une récompense pour ceux qui font
ce qu'ils sont censés faire
Ça ne fait pas partie de ton programme habituel
Tu ne peux participer à
des activités spéciales qu'après avoir fait preuve
de bonne conduite, Amal
Désolée, mais tu vas devoir mériter
ta place dans ce cours de poésie
dit Cheryl-Ann Buford

Ensuite elle me tend quelques enveloppes
venant d'Umi et…

Tu sais quoi, elle continue
Tu peux reprendre tes cours
lundi et on verra comment ça se passe
J'espère que ces lettres te remonteront le moral, Amal
Tu dois tirer le meilleur parti de ton séjour ici

Ce que je veux dire :
Je ne veux pas faire le programme
Cette dame enseignait la poésie
et je serais le seul ici
qui s'intéresserait et
qui écouterait
chaque mot qu'elle prononcerait
chaque mot

Ce que j'ai dit en fait :
Rien

Mon cher Amal…
La seule façon de survivre à l'enfer
c'est de le traverser

Amal…
Tu dois méditer
étudier ton Coran
faire tes prières tous les jours
demander pardon
courage et force

Amal…

Les lettres d'Umi sont trop douces pour cet endroit
Elles m'obligent à me mettre dans une bulle
à flotter dans l'air épais
et ensuite avec juste un cri
un claquement de porte métallique
un gardien hurlant mon nom
ou mon matricule
j'exploserai

La première fois que je sens
autre chose que des cailloux et des pavés
sur ma poitrine

c'est quand je vois le nom
sur une des enveloppes
Je le lis encore et encore
pour être sûr que
l'ordre des lettres
l'écriture
les mots
sont ce que je crois
sont qui je crois

Zenobia
Zenobia
Zenobia

Une partie de moi veut
attendre pour l'ouvrir
Une partie de moi veut
déchirer l'enveloppe pour l'ouvrir
Alors je la mets sous le matelas
comme l'argent
et je la garde pour le jour où
je ne pourrai plus attendre
et que j'aurai l'impression que mon cœur est
sur le point de se briser en deux

Cette lettre de Zenobia
va m'attendre là

comme de la colle
comme le fil et l'aiguille de Grandma
pour me réparer et me remettre sur pied

Mais   mais
et si elle m'attendait
Le temps passe différemment pour elle

Alors je l'ouvre lent   lent
lentement
et…

Cher Amal,

Je n'aime pas écrire des lettres et tout ça. Les gens n'écrivent même plus de lettres, mais bon. J'espère que mon écriture ne te dérange pas. Tu ne te souviens sans doute pas de moi. Je sais que tu as plein de choses dans la tête et d'autres trucs à penser qu'à une fille de ton école. Tu ne sais sans doute même pas que j'existe. En tout cas c'est ce que je croyais, jusqu'à ce que Lucas me dise l'autre jour que tu me calculais depuis la troisième. Je ne sais pas si c'est vrai ou pas, mais pourquoi il aurait dit ça sinon ?

J'imagine que tu veux savoir pourquoi cette fille bizarre t'écrit. Amal, je suis tellement désolée de tout ce qui t'est arrivé. Et au cas où il t'arriverait quelque chose là où tu es, je voulais que tu saches que je t'ai cru depuis le début. Je suis là si tu veux m'écrire aussi.

Zenobia Angel Garrett
(La fille aux tresses bleues)

LE PONT SOUS LA PLUIE

Maintenant elle me dit ça?
Alors que je ne peux même pas la voir?
Alors que je ne peux même pas lui parler?

Si je pleure
là tout de suite
dans ma cellule

avec personne
pour me voir

Ça sera comme
un orage
sur cette région et cette ville
détruites
sur ma poitrine

Ça sera comme
un ouragan
qui démolit toute une
ville et une région
et je devrai
en construire de nouvelles
sur ma poitrine

MICROPHONE

Au lieu de ça j'ai bricolé un rythme
fait de la porte un tambour

fait de mon poing un micro
fait de mes mots un mégaphone
fait de ma vérité l'air

Arrête de tuer, mon frère
tu es déjà désigné
à cause de ta couleur
Pourquoi ne pas tous nous mettre en prison alors ?
Y a une chance qu'on devienne des escargots
Y a une chance qu'on ne se rebelle pas
Sur moi, ils ont laissé des cicatrices indélébiles
Je suis ici à envoyer des rimes derrière des barreaux
Ils pensaient que le mitard me mettrait
en captivité comme Kunta
mais je suis toujours libre

Au nord je viens du sud
avec le meilleur outil
ma bouche mes mots mes rimes
la peau foncée comme Dapper Dan
parlant d'histoire

trop de jeunes
vivent dans le mystère

les choses que j'ai lues
et dont j'ai parlé
tout ce sang
toute cette mort
mais ça ne m'a pas écorché les oreilles
ni mis de larmes dans les yeux

j'ai surmonté mes peurs
je ne crains pas de prendre des risques
parce que la douleur étreint mon cœur
quand je regarde le pays natal
je suis ici en captivité

Qui est le plus libre
vous ou moi ?

MC

Quelqu'un applaudit dans la salle commune vide
et son visage apparaît devant la vitre de ma porte

Kadon   Alors je m'avance d'un pas pour lui faire face
et il sourit   dents blanches   yeux brillants

Un test   Donc je reste visage droit, dos droit
il n'y a que cette porte en fer entre nous

mais je serai de l'autre côté de cette porte bientôt
et il m'attendra
et j'attendrai
la douleur

mais

Yo c'était le feu cette merde, il dit
souriant toujours   yeux brillant toujours

Quand ils te laisseront sortir de ta cellule
on va s'capter, il dit

Et c'est ce qu'on fait

dans le réfectoire

ils me laissent sortir pour le déjeuner
mais je dois voir de nouveau Mme Buford

et Kadon s'approche
avec son plateau comme si on était au lycée

Il lève son poing pour un check
j'accepte pour lui montrer du respect

même si je ne sais pas
pourquoi tout ça parce que
on n'est pas au lycée

Et il fait de la table un tambour
Il fait de l'air un micro
Il fait de ses mots l'air

Choses matérielles
vendre la drogue
pour des billets roses ou bleus
Bicraver m'a retourné
contre mon propre frère

Les non-sages sont à la merci
des sages
Ils n'ont pas compris
avant qu'un membre de leur famille meure

Maintenant dis-moi pourquoi
tu veux être dans le ventre de la bête ?
Un muet chante une chanson de muet
L'avocat du diable essaie
de faire de toi son festin

Quelqu'un dit
Hé ferme ta putain de gueule, mec !
Y a personne qui veut entendre cette merde !

Deux gars s'approchent de nous
Une armée commence à se former
derrière eux
Je connais cette scène

C'est quand j'ai quitté
le skatepark
Les roues
sous ma planche
comme des ailes

C'est quand
je n'ai pas quitté
East Hills
ce soir-là avec Omari

Et c'est quand
je ne peux pas rouler
je ne peux pas m'en aller
je suis coincé là
comme ce soir-là
avec Omari

Kadon la ferme
baisse la tête
et se retourne

Je fais pareil
je ne suis pas idiot
mais…

C'est pas toi le gamin ?
demande l'un d'eux

Ouais, je dis
en me retournant
et en le regardant droit dans les yeux

Il hoche la tête
menton relevé, yeux baissés
genre
Je te vois
Presque avec respect, je pense
je ne suis pas sûr
Mais les gars derrière lui
n'arrêtent pas de me fixer
et…
Je suis comme Kadon de nouveau

Tête baissée
dos tourné
Vaincu

Quand ces gars nous laissent tranquilles
c'est comme les nuages qui s'éloignent
N'empêche, il n'y a pas de soleil
Juste un peu de lumière
pour que je voie le visage de Kadon
        Œil au beurre noir
        Lèvres enflées et pétées
        Yeux qui bougent beaucoup trop vite
        Il continue de faire craquer ses doigts

On a entendu que tu arrivais, il dit
Ils nous laissent pas regarder les nouvelles
mais on a quand même les infos ici
Mais fais attention, n'empêche
Ils te surveillent

CONVERSATIONS AVEC DIEU VII

Cheryl-Ann Buford demande
Tu es prêt à recommencer ton
programme ?
Je vois que tu as un nouvel allié ?

Kadon ? je demande

Oui, Kadon
et tout ce rap
que vous faites tous les deux…
Ici tu n'es pas dans un décor
pour ton clip, Amal
elle dit en se penchant au-dessus de son bureau

Ce que je veux dire :
Donc vous me dites de fermer
ma putain de gueule
juste comme tout le monde

Écoute, Amal…
Tu n'auras pas un contrat pour un album
avec ça…
Ce que tu fais et dis ici ne fera pas
partie de ta mixtape…

C'est sérieux et c'est ta vie…

Ta vie, Amal…

Tu m'entends, jeune homme ?

MÉDITATION

J'ai plié une feuille de papier blanc
et je l'ai glissée sous l'élastique de mon caleçon
J'ai pris deux crayons avec moi dans ma cellule

J'ai quelques minutes avant l'extinction des feux
alors je commence par son nom   Zenobia

Les mots ne viennent pas
Je gribouille dans les coins
des boucles et des fleurs et des jolies formes
et je commence une lettre   J

Mais les mots ne viennent toujours pas
Alors j'écris son nom
encore et encore et encore
Z
        Zen
                Zenobia

Et là
les lettres de son nom
deviennent
des lignes claires et foncées
qui deviennent les

courbes d'un joli visage
qui devient
          Zenobia

Voilà ce que je lui envoie
pour lui faire comprendre que
je l'ai vue
je la vois
je me souviens d'elle

Zénith, tu es le plus haut point dans le ciel
là où un jour j'espère nous nous retrouverons

En toi tout vient du paradis, ange

Nulle chose chez toi ne vient de cette terre, cette planète
tu viens d'un tout autre monde

Optimiste, tu me donnes l'espoir du lendemain
du jour où je pourrai revoir ton sourire

Belle, je peux te dessiner de mille façons différentes
et les traits et les courbes de ton visage formeront
toujours un chef-d'œuvre

Intelligente fille noire, cultivée avec un avenir brillant

Arrange-moi pour toujours une place dans ton cœur, Zenobia,
même si le temps
t'éloigne de moi… je me souviendrai toujours
de toi te souvenant de moi

extinction des feux

GUERNICA

Aujourd'hui c'est vendredi

Je fais la queue
pour la douche
Savon dans une main
serviette dans l'autre

J'ai appris à être rapide
comme Umi m'avait montré
les matins froids et speed
avant l'école
mais comme j'ai dit
ici on n'est pas au lycée

Alors quand je suis tiré hors de la file

par deux des gars
qui s'étaient approchés de moi et Kadon

je laisse tomber mon savon et ma serviette
mon corps est un tremblement de terre
mais ils sont des montagnes
et ils m'entraînent dans une pièce sombre
et ferment la porte

Je prends
coup après coup
après coup après coup
jusqu'à ce que mon souffle soit
comme les flammes ardentes
d'un dragon
embrasant mon âme

Le goût de cuivre
monte de mon ventre
et tapisse ma bouche
je sais bien j'ai intérêt à ne pas l'évacuer
je sais bien j'ai intérêt à ne pas pleurer

Et ils laissent
mon corps mou et lourd
Le sol froid
contre ma peau
est une poche de glace

Et si l'enfer était un endroit gelé
je suis là   Je suis là
et je pourrais mourir ici

POUSSIÈRE

Ils ne peuvent pas te tuer là-dedans
mais ils vont essayer, dit Umi
à l'autre bout de la table ronde

C'est le but
T'enfermer ne suffit pas
pour eux   Ils vont essayer
de te broyer le cerveau jusqu'à
ce que tu ne sois plus que…

Poussière
on dit tous les deux ensemble

Et que fait la poussière, Amal ?
Qu'a dit Maya Angelou à propos de la poussière ?
demande Umi

Elle s'élève, je murmure

Tu vas devoir le dire assez fort
pour que je puisse l'entendre, Bébé –
Assez fort pour y croire toi-même

La poussière s'élève, je dis
assez fort pour que ça
résonne dans mes propres oreilles

Elle me prend les deux mains
et les presse
mais je m'écarte d'elle

Ne m'appelle pas Bébé
pas ici, pas maintenant
je dis, assez fort pour qu'elle entende

Ces gars n'ont pas touché à mon visage
donc elle ne sait pas à quel point
mes tripes sont déjà
transformées en poussière
et elles ne peuvent pas s'élever
parce qu'elles sont prisonnières là
dans mon ventre

Amal…
Peu importe que tu sois devenu grand
Peu importe ta barbe devenue épaisse
Peu importe ta voix devenue grave

Tu étais d'abord mon petit garçon
devenu un jeune homme

devenant un homme
devenant un aîné
se transformant en un ancêtre
évoluant en esprit
se changeant en souffle
glissant vers la vie

Tu es ma vie
et tu es la vie même
Amal…

Ce que je ne dis pas :
Umi, tu m'as donné la vie
Toi
Et ces mots sont coincés
dans ma gorge comme des cailloux
Tout ce que je ne dis pas à Umi
devient une montagne
devient une région de
non-dits

Ce que je dis en réalité :
Tu n'as pas besoin de venir
ici aussi souvent, Umi
Je sais que c'est dur
Je sais que c'est un long trajet

Comment oses-tu dire une chose pareille, Amal ?
Tu n'es pas seul dans ce combat
Je suis avec toi, toujours
Ta bataille est ma bataille
Ta blessure est ma blessure
Je souffre parce que tu souffres, Amal…

PORTRAITS DE FAMILLE II

Je lève les yeux et regarde
tous les autres gars
avec leurs proches

Leurs mères   leurs sœurs
leurs frères   leurs oncles
et peut-être, peut-être leurs pères
avec leurs sourires, sourcils froncés, soucis
peurs, joies, peines, chagrins d'amour
écrits sur leurs visages comme de la poésie

Leurs corps...
comment ils se penchent au-dessus des tables
tiennent les mains
comment ils croisent les bras
protègent tout
comment ils sortent des trucs
de leurs sacs comme si c'était Noël...
Si seulement ils pouvaient rester immobiles assez longtemps

Je peindrais cette scène
pour que le monde entier la voie

Et Kadon, mon MC
est avec une version de lui en plus vieux et plus grand
Mêmes yeux, mêmes petites lunettes de geek

et je me demande   je me demande
comment il a pu atterrir ici
avec un papa comme ça

Alors je demande à Umi
Où est Oncle Rashon ?

Elle dit
Ça va lui prendre un petit moment
Tout ça   Tout ça lui a fait vraiment du mal
Il veut te voir, Amal
Il veut vraiment

EXPRESSIONNISME

Ces garçons blancs ici vont
t'assassiner, dit Kadon

Ou ils mourront en essayant de le faire

Ils sont au courant pour East Hills ?
je demande

Il me regarde comme si
je venais de poser la question la plus débile qui soit

Nous sommes dans le réfectoire au
petit déjeuner et la rumeur s'est répandue
qu'ils m'ont chopé, ils m'ont chopé
pour Jeremy Mathis
Ils m'ont chopé pour toutes les choses
qu'ils ont entendues sur moi
toutes les choses
qu'ils pensent connaître
mais je ne peux pas dire que je n'ai pas fait
ce qu'ils croient que j'ai fait

Ils peuvent essayer, je dis
la tête baissée

levant les yeux, regardant autour
mais sans jamais fixer ou ignorer quelqu'un
juste autour   conscient   alerte

comment ils se mettent tous
en groupes, clans, équipes, gangs

Au lycée d'Arts plastiques d'East Hills
on était comme une palette de peintre

on se mélangeait les uns aux autres
dans un tourbillon de couleurs, nuances, cheveux

tailles, hauteurs, valeurs, âmes
souvenirs, intelligences, croyances

Ici, nous ne sommes même pas de la peinture
Nous sommes une boîte de marqueurs cheap

qui ne se mélangent même pas bien
La merde qui t'oblige

à rester dans les lignes sinon
les couleurs vont dépasser

Les couleurs vont dépasser

CONVERSATIONS AVEC DIEU VIII

Elle n'est pas Dieu, vraiment
Mais elle se comporte comme si
et ils l'ont nommée responsable
de nous ici
Elle pose des questions
dit des trucs
et elle écrit
ce qu'on dit et fait sur son petit ordinateur
Et tout ça est envoyé au vrai Dieu ici
Le juge

Alors je me redresse sur ma chaise
en face de Cheryl-Ann Buford
et je dis

J'écris de la poésie et je peins aussi
C'est tout ce que je veux faire
Je veux juste purger ma peine et –
je sais pas ce que vous en avez à foutre
de tout ça, mais bon – si j'écris et dessine et peins
peut-être que je sortirai d'ici vivant
Ma voix déraille et j'ai la gorge sèche

Elle me regarde comme si j'avais deux têtes
et dit
Mais pourquoi penses-tu que
tu ne sortiras pas d'ici vivant, Amal ?
Réfléchis au fait que nous proposons
un atelier d'écriture
Et oui, si tu veux peindre ou dessiner
tu peux faire ça aussi
Mais il y a des règles, jeune homme
Regarde tous les gardiens que nous avons ici
tu penses qu'il en faut plus ?

Non, je dis la gorge serrée

Elle se penche au-dessus de la table
genre comme si j'allais balancer

Il s'est passé quelque chose
pour que tu te sentes en danger, Amal ?
Parce que s'il s'est passé quelque chose
nous devons le signaler

Non, je dis très vite
Il ne s'est rien passé

ESPACE BLANC III

Je me sentais en sécurité
au lycée d'Arts plastiques d'East Hills

Personne n'essayait d'embrouiller
quelques gamins artistes
avec des cartons à dessin

Des gamins avec des piercings et des tatouages
des garçons portant du vernis à ongles
et des filles portant des nœuds papillons

Des gamins noirs qui écoutaient du metal
et des gamins blancs qui écoutaient de la trap

On était bizarres et libres –
une bulle dans le monde
qui allait éclater
à la fin de l'école
quand on a tous franchi les portes

Mais quand même

Mme Rinaldi m'a fait une vie d'enfer
parce que je ne correspondais pas

à sa définition de bizarre
j'étais un autre genre de bizarre

mes cheveux trop sauvages
ma peau trop foncée
ma voix trop grave
mes tableaux trop colorés
mon art trop libre

Amal est perturbateur
elle a écrit sur mon bulletin
Amal doit se concentrer
Amal n'est pas prêt pour un
cours avancé

Elle m'a laissé tomber
encore et encore
jusqu'à ce que…
Elle a cru pouvoir
me sauver

extinction des feux

LA PERSISTANCE DE LA MÉMOIRE

Dans ma cellule la nuit
les pires pensées tournent dans

ma tête quand je suis enfermé
dans une boîte avec
l'obscurité silencieuse comme seul MC
producteur, DJ
et juste le souvenir de faire de la musique
le souvenir d'entendre un nouveau son
pour la première fois

Alors j'essaie de faire le mien
De sortir un rythme, une basse, un beat
de toute cette immobilité
et je me demande   je me demande

Si je vais mourir juste à cet instant
ou demain ou après-demain

Umi ne sait pas qu'ils
peuvent me tuer là-dedans
et dire que je le méritais

Ils me feront payer pour
ce que j'ai fait à Jeremy Mathis

Un étudiant prometteur
ils ont dit de lui
comme si la vie qu'il était censé vivre
n'était pas une garantie

Un gamin tranquille et sans problème
ils ont dit
comme si sa photo dans l'album-souvenir représentait
l'histoire de sa vie entière

Ils ne savent pas   ils ne savent pas
que tout est parti de lui

en partant de moi

À partir du moment où
j'ai décidé d'aller aux terrains avec Omari

Il y avait des gars que je n'avais jamais vus
et quand je les ai aperçus j'ai su

qu'ils venaient de l'autre côté
du parc – pas là où sont les HLM

pas là où les gens me connaissent et connaissent mon nom
et le nom d'Umi et connaissent mon visage et ma voix

Ils venaient de là où sont les grandes maisons –
les McVillas on les appelle – et ces maisons

se remplissent de nouveaux visages   Ces garçons blancs
venaient de là où M. George et les Kingston

ont vendu et acheté leur maison juste en dessous d'eux
j'avais entendu le mot avant – gentrification

Mais on a toujours habité dans l'immeuble où je suis né
et on a toujours payé le même loyer, donc ça allait

Mais de l'autre côté, les grandes maisons
(certaines peintes avec des couleurs vives, d'autres délabrées)

ont été réparées et repeintes en gris et en beige donnant
à cette partie de notre quartier un air de banlieue futuriste

et bientôt il y a eu cette ligne invisible qu'on ne pouvait pas
franchir
genre on ne peut pas aller dans les beaux endroits

On ne peut pas toucher les belles choses parce que ce que
nous sommes
notre peau, nos visages, nos cheveux, nos mots, notre musique

vont casser les choses
vont démolir les choses
vont rendre les choses laides

juste en étant là

Mais ces garçons blancs
se fichaient complètement des lignes

Le monde leur appartenait
y compris notre quartier

Alors quand nous les avons vus
utiliser les terrains comme leur propre

petit skatepark à eux, bien sûr
on a été genre *cassez-vous d'ici putain !*

Pas moi, mais Omari et ses gars
parce que j'étais trop occupé

à mater leurs tricks
leurs ollies, leurs kickflips

leurs heelflips, leurs no-comply
et ce gars-là a roulé

juste devant nous avec son
majeur levé et j'ai

ri mais Omari et ses potes
non   Ils se sont énervés

et ont dit
des tas de conneries à ce gars-là

et à cet instant j'ai compris que je devais
bouger parce que
j'ai pensé à Grandma et
à sa prière pour moi   à ses promesses pour moi

Que je suis maître
de mon destin

Les pires pensées tournent dans
la tête quand on est enfermé
dans une boîte avec
l'obscurité silencieuse comme seul MC

et j'étais clairement le MC d'Omari
ce sombre soir-là mais c'était très loin d'être silencieux

je ne suis jamais allé en boîte, vraiment
jamais allé à une bonne fête

où la musique est tellement ouf
qu'on la sent dans les os

Je ne suis jamais allé dans un endroit où
je pouvais avoir l'impression de perdre le contrôle

de mon corps, mon esprit, mes actes
jusqu'à ce soir-là

Nous étions cinq

Quatre ont accepté de négocier
et ont été envoyés directement
dans un centre de détention pour mineurs

Je suis allé au procès et j'ai été déclaré coupable
et envoyé directement
dans un centre de détention pour mineurs

JUSTICE AVEUGLE II

Tout ça parce que

nous étions dans le mauvais endroit
nous étions dans la mauvaise peau
nous étions dans le mauvais moment
nous étions dans le mauvais corps
nous étions dans le mauvais pays
nous étions dans le mauvais
étions dans le mauvais
dans le mauvais
le mauvais
mauvais

Tout ça parce que

ils étaient dans le bon endroit
ils étaient dans la bonne peau
ils étaient dans le bon moment
ils étaient dans le bon corps
ils étaient dans le bon pays
ils étaient dans le bon
étaient dans le bon
dans le bon
le bon
bon

Nous étions
une bande
un gang
ghetto
une meute de loups
animaux
thugs
cailleras
hommes

Ils étaient
des enfants
qui s'amusaient
chez eux
aimés
soutenus
protégés
pleins de potentiel
garçons

lumières

réveil

faire lit

brosser dents

douche

petit déjeuner

PROGRAMME

Maths

Anglais

DÉJEUNER

Temps libre/Récréation

Poésie ?

SCOLARISÉ VI

Être en classe ici
c'est comme être dans une école normale
Et c'est fou à quel point je ne peux même pas
faire la différence
à part le fait qu'on porte tous la même
combinaison orange
Mais on doit encore apprendre de la merde
qui garde même nos esprits en cage

C'est ce qu'Oncle Rashon dit toujours
Que l'école t'enseigne *quoi* penser
et non *comment* penser et personne ne lève
la main sauf pour donner
la bonne réponse
Si le professeur pose des questions
c'est pour entendre
la bonne réponse

Alors je fais
comme j'ai toujours fait
dans le cours de Mme Rinaldi
je pose des questions
Si on est des criminels condamnés
quel est l'intérêt d'apprendre ça

si on ne pourra pas trouver un boulot
quand on sortira ?

Les autres gars s'agitent sur leur siège
et marmonnent dans leur barbe
comme les gamins en cours d'histoire de l'art
faisaient toujours

PIPELINE III

Je me rappelle la fois
où on a eu un examen de fin d'année
et Mme Rinaldi
montrait des diapos de peintures anciennes
qu'on avait étudiées

On devait mémoriser
le nom de l'artiste et l'année
        où ça avait été peint
Bonus si on donnait le style et le pays
comme Michel-Ange et la Renaissance en Italie
Monet et l'impressionnisme en France
Picasso et le cubisme en Espagne

À la moitié des diapositives
j'ai levé la main et demandé
Est-ce que d'autres personnes dans le monde peignaient
ou seulement des vieux hommes blancs d'Europe ?

Tout le monde a ri
Elle m'a renvoyé de son cours
et m'a recalé pour avoir été perturbateur
J'étais censé retourner voir le proviseur
Mais j'ai juste quitté le bâtiment

et je ne suis pas revenu pendant une semaine
          Je me suis exclu moi-même

Mais ensuite l'école a appelé Umi
et elle était fatiguée   tellement fatiguée

de me crier dessus
d'essayer de me convaincre de me concentrer
d'essayer de me convaincre d'essayer

Umi disait
que j'avais de grands rêves
que j'avais un immense talent

mais j'ai merdé pour mes résultats
à l'école ou peut-être
l'école a fait merder
ma vie   C'est difficile à dire

Mais je suis sûr d'une chose
je ne suis pas stupide
je connais les maths, les sciences
l'anglais   toute cette merde

Je connais surtout
les arts plastiques et les mots

Comment les tordre et
les transformer en
vérité

Je sais
que c'est difficile à deviner
juste en me regardant

FRATERNITÉ

On a des places attribuées
dans les salles de classe, mais
Kadon se retrouve toujours à côté
de moi comme s'il me surveillait

Pendant le temps libre dans la salle commune
il laisse tomber un jeu de cartes
sur la table carrée
où enfin   enfin
j'ai un cahier à moi

et je fais attention à ne rien écrire
ne rien dessiner encore
Alors je m'assois là et je regarde fixement les
pages blanches

Hé mec, tu dois être sûr
de bien suivre le boulot
Quand tu sortiras d'là, t'auras
tous tes crédits ou presque
dit Kadon en mélangeant les cartes

Amal… je m'appelle Amal
je dis

Négro je sais comment tu t'appelles

Je ne suis pas un négro

Oh tu es un de ces *négros*

Un autre gars vient s'asseoir à côté
de Kadon, et puis un autre, et
un autre, et bientôt je suis cerné

Au moins ceux-là ne sont pas les
garçons blancs qui m'ont tabassé
mais quand même

Quoi, tu t'prends pour une putain de star
juste parce que t'es passé à la télé ?
dit un des gars

Ici c'est le chtar pour mineurs mais ce mec
a l'air d'un trou du cul d'adulte
donc je ne le regarde pas dans les yeux
je ne lève pas du tout les yeux de
mon cahier vierge

T'es un criminel première classe ?
T'es un gangsta bourge ?

Ni l'un ni l'autre, je dis

Ni l'un ni l'autre, il répète
Ce garçon blanc c'était ton pote
Vous tous là vous vous êtes retrouvés en scène de ménage
une merde dans ce genre   *Il finit à moitié mort*

Sans même réfléchir
je lève la main pour poser
mon crayon sur le papier
finalement   finalement   je dessine
Je commence par une courbe
un peu d'ombre
yeux, nez, bouche   mutilés
tout ça pour m'empêcher de
déverser des mots
qui me donneront envie de
les ravaler   Dire des choses que je

regretterai
Alors je dessine et dessine

Et il tire le cahier de
sous ma main

Avant même que je puisse le frapper
Kadon et un autre gars me
retiennent   même alors
que je me transforme en ouragan   La rage
bouillonnant au creux de mon ventre

Faut vraiment que tu te calmes putain
Je te parlais et tu aurais dû
écouter…
Ce que j'essayais de dire c'est que

T'es des nôtres maintenant
T'es des nôtres

FRATERNITÉ II

Je
n'essaie pas
de faire partie d'un
gang ou d'une bande, c'est pile
cette merde qui m'a mis dans ce bazar
depuis le début, je dis à Kadon en sachant
qu'ici, sans déconner, je n'ai pas le choix

CUBISME II

Kadon dit que j'ai besoin d'eux
Kadon dit qu'ils m'ont protégé
Kadon dit qu'ils sont des potes, des potos

Moi je dis
des barreaux

qui me coincent   qui me coincent
qui me coincent   qui me coincent

BEAUX-ARTS

Aujourd'hui c'est vendredi

et j'ai tout fait correctement cette semaine
J'ai suivi le programme
genre je suis un robot, sans cerveau
sauf quand j'ai dû faire semblant de l'utiliser
en cours, des conneries que j'ai déjà apprises

Remplir des fiches d'exercices et faire des tests pratiques
mais dans mon cahier, je me suis dessiné un autre monde
une autre ouverture vers d'autres lieux, d'autres dimensions
et Kadon avait raison
j'avais besoin d'une bande à côté de moi
mes quatre potos, mes quatre coins comme ça je ne suis
pas coincé

Il y a Amir avec des dreads dans le dos
Silencieux comme l'air, comme s'il y avait un lourd secret
derrière ce silence

Il y a Smoke qui porte ce nom
comme un gilet pare-balles Juré
il peut voir à travers les gens

Il y a Rahmarley avec des tresses
qui se dressent comme des antennes et
il croit qu'il peut lire dans les pensées des gens

et Kadon

Je pige maintenant
ces garçons blancs ne me voient pas
et je ne les vois pas

Mais j'arrive à la voir, n'empêche
finalement

Elle vient dans la salle commune
glissant   tenant quelque chose
dans les bras – un petit panneau et des marqueurs

Je la vois   souriant
et je me redresse sur mon siège
défroisse mon sweat-shirt
défroisse mes sourcils
défroisse mes rides
mes erreurs, ma sale gueule

Je suis heureuse de te voir ici
elle dit
même si elle n'a pas l'air heureuse

Son visage est sérieux, comme si
elle parlait business
alors qu'elle enseigne la poésie
Je m'appelle Imani Dawson
et je suis poète, éducatrice
et activiste –
j'aime dire que je suis
abolitionniste de la prison

Abolitionniste de la prison ?
je demande
Comme pendant l'esclavage ?
Donc vous êtes là pour nous libérer ?
Alors OK Je m'appelle
Amal et
je n'aime pas dire que je suis esclave
mais ici on est des putains d'esclaves…

Et ils se moquent de moi

Inacceptable, dit Imani
J'essaie encore une fois
Quand je dis que je suis
abolitionniste de la prison
je veux dire que j'appartiens à
un mouvement

qui se bat pour abolir
le complexe industriel pénitentiaire
tel que nous le connaissons
Et non, Amal
tu n'es pas un esclave
Aucun de vous ne l'est
Je suis là pour vous aider
à vous le rappeler

Amal, détenu
je dis seulement

Qui es-tu, Amal?
Quelle est ta vérité?
elle demande

Je regarde autour de moi, personne n'a les
yeux sur moi   alors je hausse les épaules

Tout le monde a
séché sur cette question
la première fois que je l'ai posée au groupe
Ça va, Amal
Tu as le temps d'y réfléchir

Quelle est ta vérité?

Elle se retourne
et écrit sur son panneau
avec un marqueur bleu

ERREURS & DOUTES

Déchirez une page
de votre cahier et
pliez-la en deux, elle dit
sans nous regarder
Sur un côté vous écrivez
« Erreurs », sur l'autre côté
vous écrivez « Doutes »

Ma page reste blanche
Je ne fais pas ce qu'elle dit
C'est de la merde pour maternelles
Trop de questions
trop d'instructions

Où est ton travail ? elle demande

Je pensais qu'on allait juste écrire, je dis

Tu es *en train d'écrire, tu dois commencer*
quelque part, Amal

Je ne vais pas essayer de faire
un origami   Je veux juste écrire

Ah, donc tu es un vrai *écrivain*

Pas genre des essais ou des histoires, mais
juste la vérité

La vérité… Eh bien, voyons ce que tu as
Suis les instructions et prends
un mot à la fois… Un mot à
la fois, Amal…
Erreurs et Doutes

Ce que je veux dire :
Qu'est-ce que ça signifie, d'abord ?
Pourquoi on ne peut pas juste écrire ?
Pourquoi est-ce que tout doit avoir
des règles   des instructions   un ordre ?
On est déjà coincés dans des boîtes
pourquoi on peut pas juste être libres
avec ça ?

Ce que je fais :
Froisse le papier et quitte
la salle commune et vais vers
ma porte

Le gardien avec le tatouage –
il s'appelle Beale mais je l'appelle
Tattoo
pour m'en souvenir –
me dit de retourner
dans la salle commune, mais je ne
bouge pas

Tu crois que tu vas où comme ça, putain ?
il lance

Je reste là devant ma porte
à attendre qu'il sorte les clés
Il tient son arme devant moi
et je vois de nouveau ce tatouage
de nouveau ce tatouage

Tu vas là-dedans, tu restes là-dedans
Quarante-huit heures minimum
il dit, en ouvrant la porte

et j'entre

L'ENTERREMENT II

La porte en fer claque
derrière moi
et fait descendre mes entrailles
au fond de mes pieds
au fond de ces
baskets bon marché
jusqu'au sol froid en béton
jusqu'à la cave de cet endroit
jusqu'à l'argile, jusqu'à la roche-mère
jusqu'au centre de la Terre
et je m'ensevelis
à bien plus que six pieds de profondeur

Cette cellule est une tombe

j'ai laissé mon cahier là-haut
j'ai laissé mon crayon là-haut

Ici dans le donjon
de mon esprit

J'écris de toute façon
Je dessine de toute façon

Le stylo et le crayon
sont mes pensées et mes souvenirs

Le papier est mon âme

et la voix d'Imani résonne et
rebondit sur la roche-mère
traîne dans la chaleur
en répétant   en répétant

ERREURS & DOUTES
ERREURS & DOUTES
ERREURS & DOUTES

J'ai entendu parler de cette chose
qu'on appelle l'effet papillon –
pas à l'école
mais par les gars du block

C'est ce type
qui a dit que c'est pour ça qu'on
fait toujours tout merder, qu'on fait toujours des erreurs
parce qu'il y a pas de papillons dans le quartier

Tu vois, s'il y avait des papillons
on aurait ce qu'on appelle
l'effet papillon

Les ailes d'un papillon peuvent
changer la trajectoire d'une tempête

Quelque chose de si petit
peut changer
une grande chose dans le monde
une grande chose dans l'univers

S'il n'y a pas de papillons ici
pas de jolies petites ailes qui battent dans le quartier
alors on ne peut rien changer, il a dit

C'est une métaphore, j'ai dit

On t'a rien demandé, il a dit

Nous sommes les papillons, j'ai dit
et les choses que nous faisons sont comme les ailes

On fait de la merde tous les jours, il a dit
Comment ça se fait que la merde a pas changé

Nan, j'ai dit
Chaque chose change quelque chose
chaque jour, même cette conversation

Je dessine un trait vertical sur le mur avec mon doigt
Je ne le vois pas, mais il est là

À gauche je trace le mot
ERREURS

À droite je trace le mot
DOUTES

ERREURS

J'aurais dû rester avec Omari
ce soir-là
J'aurais dû juste rentrer à la maison
ce soir-là
J'aurais dû juste me mettre sur la PS4
ce soir-là
Umi aurait dû être à la maison
ce soir-là
Je n'aurais jamais dû retrouver Omari
ce jour-là
J'aurais dû tenter le coup avec Zenobia
ce jour-là
J'aurais dû aller avec Lucas
ce jour-là
J'aurais dû juste partir
cette seconde-là

DOUTES

Quelque chose clochait avec ces
gars-là sur le terrain de basket
Je l'ai senti dans mes tripes

Alors j'ai fait demi-tour et j'ai laissé
Omari avec ses potes
s'en occuper

Quelque chose clochait
ce soir-là, la sensation
de l'air

autour de mon corps comme s'il
essayait de m'avertir, essayait
de me tenir à l'écart

mais j'ai roulé sur mon skate
jusqu'à l'autre parc
où je savais

que c'était safe, où les gens
connaissaient mon nom
et mon visage

Mais le temps que j'arrive là-bas
ils étaient en train de partir et
sortaient de

ce parc et roulaient dans les rues
comme on fait d'habitude
On était chez nous

On connaissait les virages et les tournants
de chaque rue de notre quartier
On connaissait les visages

la musique, les grands-mères
qui appelaient par la fenêtre
On connaissait les gamins

et on connaissait les lignes
mais ce soir-là l'air
était juste bien

et pas bien en même temps
L'un d'eux a dit il y a cette
colline de l'autre côté

Il y a ces marches avec une rampe
où on peut faire du skate et où on

savait qu'il y avait une ligne
et on ne savait même pas
qu'ils nous suivaient
Non, nous chassaient

hors de cette partie de la ville où le
quartier cesse d'être le quartier
et devient une ville

Ils sont venus à vélo et en skate
et on n'a pas couru, on s'est arrêtés
je me suis arrêté et j'ai attendu

Cette fois, cette fois
je suis resté et ça
n'était même pas

pour quelqu'un
pour aucun ami
pour aucun pote

Je suis resté pour me défendre
même si absolument tout
ce soir-là
ce moment-là
me disait
ce qu'ils

nous
ont
dit
CASSEZ-VOUS D'ICI PUTAIN

Dans ma cellule
je me fissure
je me brise
je me fends
en deux au milieu
je me fracasse en morceaux

et BANG et BANG et BANG et BANG et
BANG et BANG et BANG et BANG

sur cette porte   sur ces quatre murs   dans ces quatre coins
criant
hurlant
gueulant
griffant
pour

ME CASSER D'ICI PUTAIN
CASSER   D'ICI
D'ICI   CASSER
PUTAIN D'ICI CASSER ME

PARTIE III

ESPOIR II

Peut-être   Peut-être
elle m'a répondu
ou m'a dessiné son monde

Quand on reçoit des lettres de l'extérieur
on se met en file et on récupère les enveloppes
comme si c'était le jour de la paie

On ne peut rien acheter avec ces mots
Des promesses douces et vides de personnes
dont l'amour n'a pas suffi pour nous garder libres

Je n'ouvre pas celles d'Umi
Je n'ouvre pas celles de Grandma
mais revoir son nom à elle déclenche une onde
en moi comme quand j'entends une nouvelle musique
pour la première fois

Je tiens celle de Zenobia
serrée contre ma poitrine
et la garde pour plus tard
Elle sera là qui m'attendra
pour quand j'aurai besoin d'un bon verre d'eau
après une autre guerre

Je ne peux pas croire qu'elle m'a répondu

ESPOIR III

Jeremy Mathis montre
des signes indiquant qu'il pourrait
se réveiller bientôt
dit Clyde à l'autre bout de
la table ronde
Il devra faire une déclaration
et on espère qu'il se rappellera
ce qui s'est passé cette nuit-là
Mais tu dois suivre les règles
et faire ce qu'on t'a dit
Suis ton programme
obtiens tes crédits
et plus vite que tu ne crois
le temps filera
et tout ça sera derrière toi

S'il se réveille et dit la vérité
et que tu as fait preuve de bonne conduite
Il y a de l'espoir, Amal…

Shay et Dionne vont venir
te voir
dit Umi à l'autre bout de
la table ronde
J'ai besoin de toi   *J'ai besoin d'eux*
pour savoir que tu vas
t'en sortir
Tu vas t'en sortir, Amal
Continue   *Un pas*
après l'autre   *Continue d'avancer*

OBJETS TROUVÉS

Et je le fais
je fais le programme
je vais aux douches

je vais au réfectoire
je vais et viens dans ma cellule
je vais dans chacun des coins
    avec d'autres potos qui m'encerclent
    Kadon, Amir, Smoke et Rah

Je dois passer du temps
dans le réfectoire
à nettoyer les tables et laver la vaisselle
Ici, ils te punissent
pendant que tu es puni

Alors un jour
Kadon dit
Hé mec, viens à la bibliothèque

Bibliothèque ? je demande

Peut-être que je me trompe, mais tu es
du genre à savoir ce que c'est une bibliothèque

il dit
Il est mon ombre
toujours là calme
ensuite il demande
Et comment ça se fait que tu fais plus de rimes ?

J'ai plus de conneries
à dire

Allez, mec
Il y a toujours des conneries à dire
Nous là-dedans Écoute, mec
c'est parce que t'es au réfectoire
à nettoyer
Tu dois récupérer du
temps libre comme ça tu pourras
venir à ce cours de poésie
Reste dans le droit chemin

Déconne pas comme les
autres fois

dit Kadon
les yeux toujours en train de se balader

Tout ce qu'il dit
a du sens

mais la manière dont il se comporte
comme si un truc allait péter
à chaque instant
n'a aucun sens

Comment tu fais, frère ? je demande
Comment tu réussis
à ne pas perdre la tête là-dedans ?

Kadon rit
Tous les jours je perds la tête
Tous les putains de jours
Mais tu sais quoi ?
Je la retrouve
C'est ça le truc quand on est
enfermé
Quoi que tu perdes
tu le retrouves
encore et encore
Tu sais, comme les

« objets trouvés » à l'école
Une boîte en carton
où on jette toutes les merdes
Les merdes que les gens oublient
Ouais, on est cette boîte-là –
une putain de boîte « objets trouvés »

Je ris un peu   pour la première fois
Et le caillou ou le pavé
qui était en moi
me pesait
se transforme en bulle   se transforme
en air
et flotte vers le haut…
Je te suis, mec, c'est tout ce que je dis

LIVRÉ II

Même si dans la bibliothèque c'est calme
Ça se déplace comme
une bombe à retardement
parce qu'à tout instant, ça peut partir en sucette
et c'est toujours le cas

Les étagères sont à moitié vides
et certains livres sont tellement vieux
que juste les ouvrir risque de faire
tomber les pages

J'emporte cinq livres en même temps
à un bureau, je tourne les pages
et j'attends que mon esprit
arrête de cavaler
se calme
pour que je puisse entendre les mots

Je cherche une réponse
dans ces pages
Je voudrais savoir comment je me suis retrouvé là
je veux dire, *vraiment* retrouvé là
Genre, tous les trucs qu'Oncle Rashon
me racontait sur Le Système

Une vraie discussion
J'aurais aimé qu'Oncle Rashon soit là
pour me donner les bons livres

Kadon a la tête baissée
le visage dans un manga

Les étagères ici
ne sont pas des murs
Ce sont des fenêtres fermées
et tout ce que j'ai à faire
c'est de retirer un livre
pour que ces fenêtres soient
grandes ouvertes

PORTRAIT DE FAMILLE III

Shay et Dionne
m'ont pris en sandwich
Ils me serrent dans leurs bras si fort et si longtemps
que j'aurais facilement pu me glisser
dans un de leurs sacs ou une de leurs poches
et rentrer à la maison avec eux

La vache, t'es tout maigre, gars
dit Shay

Oh là là, Amal
On dirait quelqu'un d'autre
dit Dionne

Et pour la première fois depuis longtemps
mes yeux deviennent humides
je ne peux pas retenir mes larmes

Je savais   Je savais
que voir Shay et Dionne
me transformerait en fontaine

Amal, tu me feras pas
pleurer dans une prison
dit Shay

Dionne ouvre toutes les vannes

Umi est toujours une pluie silencieuse
toute seule

C'est comment l'université ? je demande à Dionne

Beaucoup de travail, elle dit
Tu sais, étudier, s'adapter à
une nouvelle ville, essayer de
garder ce boulot à temps partiel

Elle me prend la main et la tient
parce qu'elle savait   elle savait
que son école était dans mes trois premiers choix

On peut pas amener Lucas ici, vu qu'il est pas de la famille
Mais il veut te voir, dit Shay
Je sais   Je sais
qu'il ment

La mère de Lucas l'a tenu loin de moi
tenu loin de mon procès
lui a dit de pas m'envoyer de texto ni m'appeler

Merci d'avoir pris le bus
jusqu'ici, c'est tout ce que je dis

Meilleur trajet de ma vie, dit Shay
On a fait que parler de toi

Je sais que vous avez pas arrêté de raconter des blagues sur moi
je dis

Dionne a l'air de sourire
et de pleurer en même temps

Il y a un gardien avec un appareil
devant la fresque pour les gamins
Celle avec les oiseaux qui sourient
les arcs-en-ciel et les lapins qui sautent

Il y a une petite file de gars
chacun avec sa mère et ses cousins
et sa grand-mère qui attend pour prendre
des photos devant cette fresque
genre c'est le jour de la photo en maternelle

C'est les seules photos qu'ils autorisent ici
Alors Umi, Shay, Dionne et moi
posons devant la
fresque
qui s'efface et s'écaille

Je souris uniquement
parce que je suis avec eux
et qu'ils sont ici avec moi

Pour rien d'autre

Quand il est l'heure de partir
Umi me serre si fort et si longtemps
que j'ai l'impression que je vais disparaître dans ses bras

Elle murmure une parole
de sa chanson préférée à mon oreille
Et je dois ravaler
le caillou qui est dans ma gorge

Quand j'étais petit
Umi mettait à fond Nas
son rappeur préféré
et disait *À qui est ce monde ?*
et elle me faisait chanter
À moi, à moi, à moi !

Ensuite elle jouait le morceau avec Lauryn Hill
et je criais dans l'air moisi de l'appartement
Si je dirigeais le monde…
et elle enchaînait avec

Je libérerais tous mes fils !

PAGE BLANCHE II

Quand je retourne dans ma cellule
après le parloir
il y a un cahier
et une boîte de crayons
sur mon bureau dans ma cellule

Il y a une brique de jus de fruits
et un sachet de chips
sur mon bureau dans ma cellule

Il y a une lettre
de Zenobia
sur mon bureau dans ma cellule

Je m'assois sur mon lit
et je fixe ces choses
comme si c'était une blague
comme si c'était du poison

mais j'en ai tellement envie
tellement

Alors je commence par la lettre

Cher Amal,

Merci pour le dessin. Il est vraiment bien. Je veux dire, à l'école, tout le monde savait que tu étais un artiste de ouf. Tu as oublié de signer ton dessin. Il vaudra beaucoup d'argent, un jour. Pour de vrai. Mais je ne vais pas le vendre. Je vais l'encadrer et l'accrocher dans ma chambre.

J'ai entendu ce qu'ils ont dit sur toi à ton procès. Les gens racontent ce qu'a fait Mme Rinaldi et ça craint carrément. Ils auraient dû demander à un de tes amis d'être témoin de moralité. Je l'aurais fait. Je connais ta personnalité.

Tu ne veux sans doute pas écrire sur comment c'est là-dedans et ce que tu traverses. Mais si tu as envie, je suis là. Je répondrai toujours. Garde la tête haute.

Zenobia
P-S Je suis contente que tu te souviennes aussi de moi…

Je plie la lettre et
la presse contre ma poitrine
là où est le pavé
là où est l'immeuble
là où est la ville

Ces lettres de Zenobia
me remettent
d'aplomb

Je glisse la lettre entre les
pages du cahier
et prends quelques crayons
et attends qu'on me laisse sortir
pour le temps libre dans la salle commune

Kadon et les autres potos sont
à une autre table
et je ne m'assois pas avec eux exprès
            je veux être seul

Je n'ai même pas le temps d'ouvrir mon cahier
que l'agent Stanford vient regarder par-dessus mon épaule

            Shahid, c'est tout ce qu'il dit
Je trace un trait

Amal Shahid, il dit
Je dessine un autre trait, puis une boîte

Je ne lève pas les yeux
mais il plane au-dessus de moi
comme une ombre
comme Tattoo
sauf qu'il n'a rien sur les bras

T'es silencieux, il dit
Loin des problèmes
C'est presque comme si
t'étais pas censé être là

C'est le cas, je marmonne

Ça ne dépend pas de moi, il dit
Mais pour l'instant, je te vois, Shahid
Garde la tête haute et la tête baissée
en même temps, tu me suis ?

Je le regarde
je le regarde droit dans les yeux cette fois
et peut-être
il essaie de m'avoir
comme quand je suis sorti du bus
Alors je le regarde

et j'attends la
douleur

Mais
Profil bas, reste tranquille, il dit
et s'en va

et je me demande   je me demande
si quelqu'un d'autre voit ce qu'il voit

GUERNICA II

Peut-être c'était parce que j'étais plongé dans
les pages de mon cahier de croquis
en train de dessiner des boîtes autour de moi
(murs insonorisés en acier construits
avec un crayon numéro deux)

que je n'ai pas entendu les insultes
la dispute
les putains-de-négros
encore et encore

Quand je lève les yeux
la salle commune
où on joue aux cartes
où on frappe nos rythmes
sur la table
où on mange des tout petits paquets
de cookies et de chips

est une zone de guerre

Je me lève de mon siège
mon corps comme de l'acier

yeux à l'affût, mâchoires serrées
poings prêts à tout

Alors je vois Kadon
Un gars le tabasse
si fort et si vite
que je cours
bondis
saute
et essaie de le tirer de là

À chaque frappe, chaque coup
j'en reçois dix de plus
sur la tête
sur le dos
et mon esprit disjoncte

On ne pense
pas dans la guerre
Je me souviens que
c'est comme ça
que j'ai atterri ici

Les gardiens se précipitent avec leurs matraques
un par un   deux par deux
on est séparés
l'un de l'autre

Je suis le premier à arrêter de me battre
je garde les mains levées

exactement comme l'autre fois
avec Omari
Mais cette fois là-dedans
je ne les laisserai pas dire
que j'ai envoyé le dernier coup
Je me suis rendu

Je reste figé
là où je suis

innocent

confinement

L'ENTERREMENT III

J'ai laissé mon cahier là-dehors
J'ai laissé mes crayons là-dehors
J'ai laissé la lettre de Zenobia là-dehors

et même si
ça n'est pas encore la nuit

c'est extinction des feux pour moi

Je m'allonge sur le sol froid
et me roule en boule

comme quand j'étais
dans le ventre de

Umi

et doucement doucement
cette tombe
devient un utérus

Ici
la nuit la plus sombre est ma toile

Je peins le passé avec des larges traits, des couleurs vives
Et les souvenirs dansent dans mon esprit
en couleurs

Les gars avec qui je faisais du skate
(en bleu, gris, noir, rouge)
n'essayaient pas de se casser d'ici putain

C'était notre quartier aussi
même s'il
y avait cette ligne invisible
qui séparait les riches des pauvres

On était de toutes les nuances de noir
et ils étaient blancs
pas de gris
pas de lignes floues

et prêts à éclater celui
qui franchirait la ligne
entre eux et nous

et moi j'étais juste là
figé
jusqu'à ce que   jusqu'à ce que
je devienne rouge écarlate

lave brûlante et bouillonnante
qui monte à la surface

je devienne un dragon
et la planète Mars

je devienne
la guerre

je devienne
rage et vengeance

Dès que le premier coup a volé
frappant le visage
frappant le ventre

dès que le premier soldat est tombé
frappant le trottoir
frappant le sol

J'ai foncé dedans

et nous étions tous rouges
guerre brûlante et bouillonnante
Nous étions tous un volcan
crachant la lave
partout sur leur partie de notre quartier

Je peins en mots et en voix, en rimes et en rythme
Et chaque murmure, chaque conversation frappe le tambour
dans mon esprit
à plein tube

Corps
noirs et blancs
retournés les uns contre les autres
perdus dans le monde
pensant qu'il s'agit d'argent et de territoire

Illuminés dans le quartier
les immeubles et les demeures
ont l'air jolis maintenant
Orange, rouge et bleu vif
au-dessus d'un épais nuage de poussière
et d'une chaleur rouge incandescente
Maintenant
cette peau onyx
âme d'or
belle et éclatante
se tient dans un coin
dans un corps
tremblant et en haillons

Je peins les mauvais choix, les regrets, les rêves brisés
Et les connaissances, les amis et les ennemis se moquent de moi
dans mon esprit
vraiment vraiment fort

Après cette bagarre avec Shawn en CM2
Umi m'a mis dans un cours d'arts martiaux

pas pour apprendre à me battre
mais pour apprendre la discipline
et à maîtriser mon mauvais caractère

Je lui ai dit que je n'avais pas un mauvais caractère
elle a dit *Tu l'auras, Amal* *tu l'auras*

Alors tous les mardis et vendredis
j'ai pris le bus jusqu'au studio en sous-sol
de maître John

et je n'ai jamais su jamais su
que j'aurais à utiliser
un enchaînement de karaté
dans la vraie vie
si près de la maison
de l'autre côté
d'une ligne
invisible

Sur un garçon blanc
qui m'a lancé
qui m'a lancé
au visage

Casse-
toi
de
notre
tiek
négro

Kadon a été vraiment salement tabassé je ne le vois plus
dans les parages   et
les potos   Amir
Smoke   et Rah
veulent   une vengeance
Ils   me laissent
tranquille   alors avec un
nouveau   cahier
je me dessine   moi-même
d'autres   boîtes
et un   petit
bébé noir   à l'intérieur
comme celui sur le bras de ce gardien, libre, dans une boîte

SAINT PIERRE EN PRISON

J'ai été programmé
je comprends maintenant

Quand on sait
ce qu'on est censé faire
et quand on est censé le faire
il n'y a pas de place
pour les souvenirs
pour les regrets
pour la peur
pour les rêves
dans lesquels se glisser

La moindre minute de notre temps
est organisée
sauf le temps libre, qui n'est pas libre

Sauf le temps dans notre cellule
qui n'est pas du temps
c'est l'enfer
quand on est laissé seul
avec seulement nos pensées
nos souvenirs
nos regrets

nos peurs
nos rêves
dans lesquels se glisser
comme un éclat de lumière

Alors je lis et lis et lis
quand il n'y a pas de feuille blanche
de toile banche
pour raconter cette histoire

Je rends les livres à la bibliothèque
et je me fige sur place
quand je vois qui est là-dedans

Imani
est à côté d'une table
où trois autres gars sont assis
lisent

Hé, Amal
elle dit

Et le soleil se lève
au-dessus de la ville sur ma poitrine

Qu'est-ce que tu as lu ?
Montre-moi

Elle me prend les livres
un par un
lit la couverture devant et derrière
Tu as bon goût, Amal

Je hoche la tête
et garde un œil sur les autres gars

Ils m'ont laissé utiliser la bibliothèque aujourd'hui
pour un travail en petit groupe
Ces jeunes gens proposent leurs
écrits à un site Internet
Leurs mots seront lus par
des milliers de personnes

C'est cool, non ?
elle dit et seuls ses yeux sourient

Je jette un coup d'œil à ces gars

tête baissée
pianotant des mots sur un ordinateur portable

Je lui reprends mes livres
et continue d'avancer
En espérant que ces gars
vont partir

pour que je puisse demander
si c'est quelque chose que je peux faire aussi

ou est-ce quelque chose juste
pour la bonne conduite

BEAUX-ARTS II

Aujourd'hui c'est mardi
et nous sommes de retour dans le cours de poésie d'Imani

J'ai un bloc-notes
rempli de dessins et de poèmes
mais je ne vais pas lui montrer

à moins qu'elle demande à les voir
j'espère qu'elle demande à les voir

Nous sommes assis en cercle
et Imani est en face de moi
D'autres responsables
en costume, l'air sérieux, avec des badges
se tiennent en dehors du cercle, regardent
dont Cheryl-Ann Buford

Un homme entre derrière eux
vêtu d'un jean et d'un dashiki
Une chaîne et un médaillon brillants
autour du cou
Il a un tas de bagues et de bracelets aussi
et je me demande   je me demande

mais pourquoi ils l'ont laissé entrer ici
avec tous ces diams

Les autres personnes ont l'air prêtes à écarter
les eaux pour lui
et il glisse, presque comme Imani
à l'avant de la salle commune

en souriant comme si nous étions tous ses fils
et qu'il nous voyait
pour la première fois

Alors Imani dit
Je suis tellement heureuse que vous rencontriez
notre invité spécial aujourd'hui

Tout le monde s'agite sur son siège
je me redresse et inspire

C'est un immense honneur
de vous présenter M. Kwesi Bennu

On applaudit uniquement parce qu'on est censés le faire
je n'ai jamais entendu parler de lui avant

Il s'avance devant nous
et dit

Il y a plus de trente ans
j'étais exactement là où vous êtes maintenant
Accusé, jugé et condamné
passant six ans en prison
pour un crime que je n'avais pas commis

Je me redresse encore plus
parce que tout –
le temps   l'air   et peut-être mon cœur –
s'arrête un instant
tandis que nous écoutons son histoire

C'était l'été
et comme la plupart d'entre vous
je n'avais pas envie d'être
enfermé à la maison

Je traînais avec mes potes
comme font la plupart d'entre vous
Et je ne veux surtout pas
que vous pensiez
qu'il y a quelque chose
de mal à ça

Vos potes sont
comme une famille là-dehors dans
ces rues

Mais vous devez comprendre
quand l'un de vous tombe
tout le monde tombe
ou porte le chapeau
Vous savez de quoi je parle ?

Je n'ai pas braqué cette épicerie
je n'avais pas d'arme sur moi

Mais c'était une question de
mauvais moment, mauvais endroit

Mais mauvais moment, mauvais endroit
ne vous rend pas
automatiquement coupable

Je suis sûr que vous connaissez tous
la loi –
Innocent jusqu'à preuve de la culpabilité

Mais avec nous, c'est
Coupable jusqu'à preuve de l'innocence

J'ai purgé six ans
avant que mon innocence soit prouvée

HARMONIE

Nous n'écrivons pas
à la place, nous racontons nos histoires
à voix haute
pour que tout le monde entende

Nos voix rebondissent contre les murs
et ça sonne presque comme une battle de rap
et peut-être que s'il y avait un bête de beat
derrière toutes nos vérités
ça serait la collaboration la plus ouf
de l'histoire du hip-hop

Si seulement quelqu'un écoutait
et M. Bennu et Imani
et ces gens en costume
nous écoutaient

J'ai accepté de négocier

Ils m'ont dit je rentrerais
à la maison aussi

On ne pouvait pas se payer un avocat

J'étais là-bas, je l'ai fait
mais je ne savais pas que ça allait
finir comme ça

Ils ont dit que je purgerais moins de temps
si je disais que je l'ai fait

Parfois je suis tellement en colère et
je ne sais pas putain comment
me calmer

Si je l'avais pas fait, ils m'auraient tué

C'était lui ou moi

J'avais besoin de l'argent

Je n'étais même pas là-bas

Je ne pensais pas me faire prendre

C'est la seule vie que je connais

Je ne l'ai pas fait

AFRICAINS-AMÉRICAINS II

Pendant que nous parlons   crions   chuchotons
Imani écrit sur son petit panneau

LE 13e AMENDEMENT

Puis elle écrit d'autres mots

M. Bennu hoche la tête
Vous d'vriez tous savoir ça, il dit
Vous d'vriez tous vraiment comprendre ça

Constitution des États-Unis d'Amérique

Treizième amendement

Section 1

Ni esclavage ni servitude involontaire, si ce n'est en punition d'un crime dont le coupable aura été dûment condamné, n'existeront aux États-Unis ni dans aucun des lieux soumis à leur juridiction.

Section 2

Le Congrès aura le pouvoir de donner effet au présent article par une législation appropriée.

M. Bennu nous dit de
lire chaque mot à voix haute

On râle et on rouspète
rouspète et râle
Personne ne veut
mais je le fais

Alors on est comme des esclaves ?
je demande

Est-ce que c'est ce qui est dit ?
demande M. Bennu

En gros, si on a été
condamnés pour un crime
on est des esclaves

Donc quand vous avez fait ce que vous avez fait
ou ce qu'ils pensent que vous avez fait
Votre vie   toute votre satanée vie
leur appartient

Maintenant lisez ce qui est écrit
sur ces combinaisons orange

Vous avez été marqués
étiquetés   enfermés
Vous êtes devenus propriété
de l'État

Dites-nous quelque chose qu'on ne sait pas !
je lâche

Quelques gars rigolent
mais M. Bennu et Imani
et toutes les autres
personnes importantes en costume
me fixent

Tu as raison, jeune homme
dit M. Bennu
Tu n'appartiens à personne
tant que tu es là-dedans
Pas même à toi
Et tu le sais déjà

Il est sur le point de partir
et les mots sont
bloqués dans ma gorge
coincés là
comme un caillou

Excusez-moi, monsieur Bennu, je dis
en me levant de mon siège

Je ravale
le caillou
et fais de mon poing un micro

Je sors la vérité de l'air
de la pièce
de cet endroit

Ils disent mort aux Noirs et gloire aux Blancs
Lèvent la banderole vers le ciel à la hâte
La horde fond sur nous, capuches pointues et robes blanches
Asséchés par le soleil et les mains pleines de sang
Ils disent mort aux Noirs et gloire aux Blancs

Injustement jugé une condamnation indélébile
le résultat habituel de cinq nuances de peau plus foncée
Justice injuste, robes noires et visage pâle

Pas eu la moindre chance, ils nous appellent singes
J'aurais aimé connaître les sourires faux
Les intentions diaboliques qui comblent leur goût
Pourquoi moi ? Pourquoi nous ?
Justice injuste, robes noires et visage pâle

PAPILLONS

Sais-tu pourquoi tu es là-dedans ?
demande M. Bennu en s'approchant de moi
Je veux dire : pourquoi tu es vraiment là-dedans ?

Il recule pour regarder tous les autres

Toutes ces histoires que vous venez de me raconter
sont une vérité   votre vérité
mais ça n'est pas toute la vérité

Bien sûr, vous êtes ici pour assumer
la responsabilité de vos actes, mais…

Et si nous n'avons rien fait ?
Et si nous ne sommes responsables
d'aucun acte ? je demande

Et si on a accepté cette négociation de merde ?
demande quelqu'un d'autre

M. Bennu se tait
nous regarde un long instant
puis demande
Est-ce qu'il y a du papier ici ?

Imani lui tend un paquet
de feuilles volantes
et je me dis que je pourrais en utiliser
moi aussi

Alors M. Bennu prend quelques feuilles
et les déchire en grands morceaux

Chacun de vous, il dit
Prenez un morceau de papier
et écrivez une chose
dont vous êtes coupable
une chose que vous regrettez

Une erreur, nous rappelle Imani

C'est ça *Une erreur*
Ça peut être n'importe quoi, il dit
Y compris la chose que vous avez faite
ou pas faite pour vous retrouver ici

On s'agite sur nos sièges de nouveau
On râle et rouspète encore un peu

Pourquoi vous voulez savoir ?
Vous allez utiliser ça
contre nous

J'ai besoin de mon avocat

Et puis nous écrivons quand même
un par un   deux par deux
on commence tous à écrire quelque chose
sur le papier
lentement
comme si chaque mot était un secret

Le mien c'est :

J'ai
donné
le
premier
coup

M. Bennu regarde tout autour de la salle commune
et saisit une poubelle vide
Prenez le morceau de papier
pliez-le en tout petit
et jetez-le dans cette corbeille

On fait tous ce qu'il dit

Maintenant je vais passer et vous
devrez piocher un morceau de papier

On se plaint encore un peu

Je me rappelle ce que Kadon a dit
Là-dedans, on est des objets trouvés

On essaie d'oublier quelque chose
le jeter
mais on peut toujours le déterrer
quand on est prêts
parce que c'est toujours là   pris au piège
comme nous

Et quelque chose me frappe au plus profond de mon ventre
                    Kadon n'est pas là

Remettez-le dedans si vous tombez sur votre propre papier
dit M. Bennu

Mon morceau de papier
qui n'est pas mon morceau de papier
qui n'est pas mon erreur
dit

Être né

Il nous dit à tous
de lire l'erreur à voix haute

Il l'appelle notre erreur
mais ça n'est pas notre erreur
c'est l'erreur de quelqu'un d'autre

Mais en la tenant entre nos mains comme ça
en voyant les mots sur le papier comme ça
en la lisant à voix haute comme ça

ça devient notre erreur

Comment être né peut
être une erreur ?

Comment ta vie entière peut
être quelque chose que tu souhaites n'être jamais arrivée ?

Imani écrit nos erreurs
sur son petit panneau
pour que chacun puisse lire
pour que chacun puisse voir

La mienne est là
nue exposée brute

J'ai donné le premier coup

Celle que j'ai lue est là aussi

Être né

Je regarde autour de moi en me demandant lequel de nous
pense croit qu'il est une erreur

ADN II

M. Bennu nous dit de nous lever de nos chaises –
– et de nous tenir à côté les uns à côté des autres –
– Puis il dit de se prendre par les coudes –
– et on dirait qu'on est enchaînés les uns aux autres –
– en cercle bras dessus bras dessous –
– Il sort de notre cercle, puis –
– un par un et deux par deux –
– il commence à pousser chacun de nous vers l'avant –
– Il continue de pousser jusqu'à ce que –
– on s'accroche les uns les autres si fort que –
– quand il pousse de nouveau, on ne tombe pas –
– on ne vacille pas –
– On est un chaînon comme les brins d'ADN –

-I-N-C-A-S-S-A-B-L-E-

CONVERSATIONS AVEC DIEU IX

M. Bennu ne vient pas chaque jour
Imani ne vient pas chaque jour

Alors dès que ces portes en fer se ferment
dès que la sonnerie retentit
dès que c'est extinction des feux

et rallumage des lumières
et que le programme commence

c'est la même merde
encore et encore
jour après jour

On oublie tout des cours
ou peut-être
les cours ne prennent pas
n'atterrissent pas
ne coulent pas au fond de notre âme

Les mots de M. Bennu
ne font qu'effleurer la surface de notre peau
Alors avec les marqueurs
que j'ai piqués à Imani

j'écris ses mots
pour me rappeler…

Quand elle m'a demandé
de l'aider à ranger ses affaires

Quand elle a tourné le dos
les marqueurs étaient
juste là sur une table

Je les ai tous pris
et les ai fourrés dans
ma combinaison

Je les ai sentis tomber en bas
presque glisser
au-dessus de mes baskets

Alors tu es un poète, elle a demandé
j'ai hoché la tête
je voulais en dire plus
je voulais envoyer encore d'autres rimes
je voulais lui dire que je
peins et dessine aussi

mais les marqueurs…

Ce que tu as fait là
c'était le feu
J'aime tes métaphores
et comparaisons et images
elle a dit

et tout ce que j'ai fait c'est hausser les épaules
parce que les marqueurs…

Elle s'est retournée de nouveau
pour chercher quelque chose dans son sac
et je me suis penché pour rentrer le bas
de ma combinaison dans mes baskets
et garder les marqueurs en place

extinction des feux

TOILE BLANCHE II

Les meilleures pensées tournent dans
la tête quand on est enfermé
dans une boîte avec
l'obscurité silencieuse et des murs de béton froid
comme seule toile

Je pense à Zenobia

alors la première chose que je dessine
est un papillon

les lignes courbes de ses ailes
en vol
battant l'air
modifiant le mouvement
des atomes et des molécules
déplaçant les plus minuscules particules
les plus petites et insignifiantes vérités
pour que cette grande chose puisse arriver
loin de l'autre côté de ce mur
de cette cellule
de cette prison

Alors j'écris

J'AI DONNÉ LE PREMIER COUP

C'est moi qui me suis approché de lui en premier
C'est moi qui ai serré le poing
et l'ai frappé si fort qu'il a

trébuché mais sans tomber
il s'est rattrapé
et est revenu vers moi

Le regard dans ses yeux
je savais   je savais
qu'il voulait me démolir

Et les autres gars autour de moi
allaient à la guerre

Les gens ont commencé
à sortir de leurs maisons
quelqu'un avait une batte
quelqu'un a crié
J'appelle les flics !
Quelqu'un a lancé ce mot
encore
négro

négro
négro
comme si c'était encore les putains d'années 1950

Il a résonné
rebondi contre les maisons
atteint le ciel
atterri sur le trottoir

et ça n'est même pas le mot
qui nous a fait détaler
qui m'a fait abandonner mon skate

m'a fait escalader un portail
presque tomber face contre terre
bousiller mes mains et mes genoux

m'a fait me plier en deux
en essayant de reprendre mon souffle
m'a fait m'asseoir sur un trottoir

alors que je n'étais même pas encore à la maison
et donc que ces flics
se sont arrêtés juste devant moi
pleins phares
guns sortis
se ruant sur moi comme si

j'étais sur le point de m'enfuir
alors que tout ce que je faisais c'était

reprendre mon souffle
reprendre mon souffle
reprendre mon souffle

Même quand ils m'ont poussé
au sol et
plaqué le visage
contre le trottoir
tiré les mains derrière
le dos

menotté
menotté
menotté

et balancé sur la banquette arrière
balancé dans une pièce
avec une table et une chaise
alors que je murmurais
alors que je disais
alors que je criais

C'était une bagarre !
C'était une bagarre !

C'ÉTAIT JUSTE UNE PUTAIN DE BAGARRE

J'écris ça
sur le mur
en lettres géantes

Il fait si sombre
je ne peux même pas voir
où mes mots se posent

Je ne sais même pas
qui entend ce dessin
à travers le silence

lumières

Les murs
le sol
le bureau
mes feuilles
mes mains

sont tous couverts
d'encre
rouge, noire et verte

Tattoo
est le premier
à venir à ma porte
et à voir ce que j'ai fait

Tattoo

me tire
hors de mon lit
me jette
sur le sol
me menotte

et me siffle à l'oreille

Qu'est-ce que Stanford t'a dit
quand tu es arrivé ici ?
Pas de stars là-dedans
Pas de putain de traitement spécial
ou sinon
on va arranger ça

Lâche-moi !

je crie

Lâche-moi, putain !

isolement : le mitard

SURRÉALISME

Je me roule en boule
Au moins là-dedans
personne ne m'entendra
pleurer pour Umi

Au moins là-dedans
je peux envoyer mes rimes
aussi fort que je veux
je peux insulter l'air

Au moins là-dedans
je peux voir le papillon
que j'ai peint sur mon mur
se frayer un chemin dans ce cube

voltiger autour de ma tête
comme s'il me disait un secret
comme pour provoquer quelque chose
à l'autre bout de ce cube

Si je pouvais changer une chose
de ce soir-là
je ne saurais même pas où
commencer et où finir

Peut-être que tous les choix
toutes les erreurs
que j'ai faits étaient censés
m'amener à ce moment précis

Papillon, tu es en train de me dire
que tout ce que j'ai fait
durant les seize années de ma vie
ne m'ont servi qu'à finir ici ?

Papillon
qu'en est-il de mes rêves
qu'en est-il de tout ce travail
que j'ai accompli seulement pour rester en vie ?

Papillon, pourquoi es-tu là-dedans, d'abord ?
Qu'est-ce que tu es censé changer ?
Peut-être qu'il y a déjà un changement
Nous et eux

Je ne sais pas si je vais changer
J'ai été complètement brisé
tellement de fois que je
suis devenu poussière

Papillon, tu dois me promettre
que tu changeras ceux là-dehors aussi
Ça ne peut pas être juste moi
Faut qu'ils soient différents aussi

Faut qu'ils écoutent cette fois
quand je dis que je n'ai pas
donné le dernier coup
C'était pas moi

C'est pas moi
qui ai laissé
Jeremy Mathis
pour mort
C'est pas moi
qui ai donné ce dernier
coup fatal
à la tête
qui lui a fait perdre
connaissance
qui l'a fait tomber dans
un espace d'entre-deux
où il ne peut même pas
dire la vérité
sur ce qui s'est passé ce soir-là

J'ai donné le premier coup
mais je n'ai pas donné le dernier
C'était pas moi

C'ÉTAIT PAS MOI!

Papillon, si tu peux faire juste une chose pour moi

écoute-nous
écoute-nous tous

Quand nous disons
Quand je dis
que j'étais fatigué
de les voir
agir comme
s'ils étaient propriétaires de ce tiek
ce côté de notre quartier
notre ville
notre pays
notre monde

Quand nous disons
Quand je dis
que peut-être
je frappais
tous les murs
qu'ils ont montés autour de moi
autour de nous

Je frappais
le vide
les nuages
le soleil

pour avoir
appuyé sur moi

sur nous
si fortement
que le poids
du monde
nous a fait craquer
nous fendre en deux
nous briser en morceaux

et Jeremy Mathis

et tous ces garçons blancs
ce soir-là
étaient comme l'air

Juste en se tenant là
étant là
vivant là
réclamant ce qui n'est pas à eux

Nous ne pouvions pas respirer
je ne pouvais pas respirer

Papillon, si ce qu'ils disent sur toi est vrai
change quelque chose de GRAND là-dehors

Papillon, rappelle-moi encore ce qui arrive à la poussière

Papillon, si tu es là-dedans avec moi
alors tu dois retourner là-dehors
et changer le monde

Je t'ai fabriqué, papillon

Le papillon tourbillonne et tourbillonne
jusqu'au sol froid en béton

Il bat des ailes de plus en plus vite
si vite que deux ailes deviennent quatre

et un second papillon le rejoint
Quatre ailes deviennent huit ailes

Huit ailes deviennent seize
deviennent trente-deux ailes qui battent

Et juste ici dans ce mitard
juste devant mes yeux

les papillons emplissent cet espace et
tournent les uns autour des autres jusqu'à ce que

une paire de vieilles baskets apparaisse au
milieu de leur danse de papillon

Au milieu de leur message codé
une paire de jambes sort des baskets

un jean, une chemise, des bras, des épaules, une tête
Un homme entier apparaît tandis que les

papillons disparaissent
Je frotte mes yeux, les ferme et les ouvre

pour être sûr que ce que je vois
est ce que je vois

Baba ? je dis

Salam aleykoum

Je me lève pour lui faire face
et il sourit de la même manière

qu'il a souri à ma remise de diplôme
à l'école primaire – fier et heureux

Amal, mon fils…
Wa aleykoum salam
dit mon Baba

et sa voix emplit la pièce
et pousse les murs

comme si elle était trop grande pour cet endroit
comme des pieds d'homme dans des chaussures d'enfant

Il n'y a même pas assez de place pour ma voix
et je ne peux pas trouver les bons mots

pour dire tout ce que je voudrais dire
tout ce que je peux demander c'est

Baba, tu sais ce qui est arrivé ?
Tu sais ce qui m'est arrivé ?
Est-ce que quelqu'un t'a appelé ?
Est-ce que tu m'as vu aux informations ?
Dis, Baba, dis ?

Amal, il dit
Je veux que tu saches que pas
un jour ne passe
sans que je regrette de ne pas t'avoir
dit quelque chose
pas t'avoir montré quelque chose…
Amal, je veux que tu saches
qu'il y a tellement
tellement tellement de choses
dans le monde que
tu ne sais pas

que tu dois savoir

et je ne sais pas   je ne savais

pas

même par où commencer…

Je n'aurais pas dû cligner des yeux
je n'aurais pas dû reprendre mon souffle
parce que dans ce petit instant
où il fait noir
où j'expire
où je respire

il est reparti

lumières

FRATERNITÉ III

Je n'ai même pas besoin de
lire le nom
sur l'enveloppe

pour savoir de qui ça vient
L'écriture est un
indice révélateur

On est tous les deux au collège
et son écriture
n'a pas changé depuis

la maternelle   Lucas
est tout sauf artiste   Il
n'a jamais été doué en

dessin   Mais
il était doué avec
les filles   On

l'appelait Luc Beau Gosse
vu que c'est tout
ce qui l'intéressait

Son look, son swag, ses copines

Une partie de moi
ne veut même pas
ouvrir l'enveloppe

Lire quelque chose
de lui me donnera
envie d'être à la maison

Mais elle a déjà été ouverte
Les gardiens fouillent ces
enveloppes et même

s'ils ne sont pas censés
lire nos lettres
je pense qu'ils le font

Et je me demande
ce que Lucas a à dire
après tout ce temps

À la seule et unique attention d'Amal !!!

Salut ! Tu arrives à me faire écrire une lettre, j'y crois pas !!! Je ne le fais même pas pour ma copine.

Bon c'est pas une putain de lettre, c'est juste un putain de mot. On va juste dire que je t'ai passé ce mot en classe, genre. Tout ce que je peux dire, c'est que ma mère a flippé. Sans elle, j'aurais été là. Elle s'inquiétait, c'est tout. Ça craint toute cette merde. Depuis le premier jour, je veux dire. Je peux pas venir te voir vu que je suis pas de ta famille et cette merde ça craint aussi. Si je pouvais je le ferais. Parole d'honneur. Mais je sais que ça va pour toi là-dedans. Tu dois sans doute dessiner et réciter des poèmes. Les laisse pas t'en empêcher, hein. C'est bien, ton bordel. Je te l'ai dit. Garde la tête haute. Je sais que quand toute cette merde va se calmer, ET ÇA VA ARRIVER, tu seras connu de ouf. Je verrai ton nom en lettres lumineuses, mon pote. Juste continue à faire tes trucs.

Luc

P-S Y a cette fille Zenobia qui demandait après toi. Je lui ai dit qu'elle devrait juste t'écrire.

Je plie cette lettre
en tout petit
et je la tiens
dans ma main

Souriant et me rappelant
toutes les conneries
que Lucas et moi on faisait

Comme la fois où
il s'est pointé à mon
école même si

il n'était pas élève là-bas
tout ça parce qu'il voulait
tenter le coup avec une fille

Il est venu à mes cours
et tout ça et juste
il s'est assis là a répondu aux questions

et fait le travail
et j'arrêtais pas de rigoler
Ouais cette merde c'était trop des barres

Et c'est moi
qui ai eu des soucis
parce que j'avais rigolé   Pas lui

J'arrivais pas à m'arrêter de
rigoler même quand j'étais
dans le bureau du proviseur

et il a passé la tête
et dit *Ça roule, mon pote ?*

Hé ! je voulais lancer

T'es même pas dans
cette école, négro !
Mais je ne l'ai pas fait

Je voulais traîner
avec lui ce soir-là
Mais je ne l'ai pas fait

Lucas ne serait pas allé
dans ce parc ce soir-là
Moi je l'ai fait

FRATERNITÉ IV

Je presse mon visage
contre la vitre
de la porte de ma cellule

en cherchant dans
la salle commune
un crayon
un stylo, un marqueur

n'importe quoi
pour pouvoir
répondre à Lucas

et Zenobia
et Umi
et Grandma
et Shay et Dionne

Et c'est là que je le vois
Kadon
Il me tourne le dos
affalé
tête baissée

comme s'ils avaient expulsé toute la vie
hors de lui

Il est menotté
et Tattoo tient son bras
et mon ventre se serre

Je veux voir le visage de Kadon
je veux voir s'il est toujours là
ce même sourire tordu
yeux brillants
comme si ça n'était pas
la pire chose qui lui soit
jamais arrivée

Un sourire
qui dit que ça pourrait être pire
que tout pourrait être bien pire

Alors je

TAPE et TAPE et TAPE et TAPE

Tattoo se retourne vers ma porte
mais pas Kadon

C'est Stanford qui se pointe
devant la vitre de ma porte
et demande
T'as besoin de quoi, Shahid ?

Je me mouille les lèvres
cherchant quelque chose à dire
ou à demander pour qu'il me laisse sortir
pour parler à Kadon
avant que Tattoo ne parte avec lui

Alors je demande juste
Qu'est-ce qui se passe avec mon pote Kadon ?

Hé, toi, Williams !
crie Stanford
à Kadon

Mais Tattoo l'éloigne

mais je
TAPE et TAPE et TAPE et TAPE

Hé, du calme !
dit Stanford

Kadon ! je crie
à travers la porte en fer fermée
je veux voir son visage
je veux voir ce qu'ils lui ont fait
Kadon !

Et enfin   enfin
il lève la tête
même si Tattoo le tire
sur le point de le traîner
hors de la salle commune
Il lève la tête et regarde vers ma porte
et je vois son visage

comme
un ballon rose prêt à exploser

sa lèvre inférieure pend si bas
qu'elle touche presque son menton

et
un œil est complètement fermé
enflé brillant

et
je me demande   je me demande
s'il y a même encore un œil
là

Kadon trébuche et Tattoo le traîne
Kadon ne se bat pas

Alors je
TAPE et TAPE et TAPE et TAPE

Tu ne peux rien faire
Shahid
dit Stanford
et il part

Et je hurle
à travers cette petite
vitre
espérant
espérant qu'elle
va
se briser

FRATERNITÉ V

Questions à ne pas poser en étant au chtar pour mineurs :

Tu es là pour quoi ?

Je te connais ?

Qui t'a fait ça ?

T'es OK, mec ? je demande à Kadon
quelques jours plus tard quand je le vois
dans le réfectoire

Il est plus petit maintenant
comme si quoi qu'il lui soit arrivé –
quoi qu'ils lui aient fait –
ça a appuyé si fort sur lui
qu'il est la moitié du garçon qu'il était avant

Je me redresse pour nous deux sur mon siège
jusqu'à ce que je sois obligé de le laisser là

mais c'est comme si je l'avais perdu
et que je ne pourrai plus le retrouver

Kadon s'est trompé
          On peut perdre quelque chose, tout, là-dedans

CONVERSATIONS AVEC DIEU X

Tu veux me raconter pourquoi tu étais
en train de hurler dans ta cellule
l'autre jour, Amal ?
demande Cheryl-Ann Buford

Être dans son bureau
c'est comme aller voir le
proviseur, le conseiller d'orientation
l'assistante sociale, le professeur
tous à la fois

Continue de penser que c'est un jeu
et tu doubleras ta
peine
Avant même de t'en rendre compte,
tu auras passé la moitié de ta
vie dans le système
Je connais ton espèce, Amal
Tu penses que le monde te doit
quelque chose
Tu penses que tu es innocent
et que tu ne mérites pas d'être
là
Mais tu sais quoi ?

Tu es ici maintenant
et tu n'iras
nulle part
de sitôt, alors fais
ce que tu dois faire…

Elle dit ces derniers mots
comme si elle était ma mère
Elle ne l'est pas Elle ne l'est pas

Je la laisse écouter le son de sa propre
voix résonner un instant avant de demander
Qu'est-ce qui est arrivé à Kadon ?

Occupe-toi de toi
elle dit
en tapant sur son
clavier
et remplissant un autre formulaire
comme si c'était son vrai boulot –
écrire des bulletins pour nous

Qui a amené cet homme ici…
M. Bennu ?
je demande
Il nous a fait écrire nos erreurs
et ensuite on a dû lire

l'erreur de quelqu'un d'autre
Ça voulait dire quelque chose, non ?
On faisait quelque chose
qui nous a fait penser différemment –
du moins je sais que je l'ai fait

Mais vous êtes ici
en étant juge et juré
alors que ça n'est même pas votre boulot…

Pardon ?
À qui crois-tu
parler ?

Qu'est-ce que vous allez raconter
à la mère et au père de Kadon
sur ce qui lui est arrivé ?

Elle appuie ses mains sur
son bureau et se penche

Mais avant qu'elle puisse dire quoi que ce soit
je me lève pour partir

PAPILLONS II

Je dois
tenir jusqu'à
mardi
pour la poésie

alors je me
transforme en
un mur

et deviens
brique
métal
béton
et angles
pointus

Ici   les murs   ne se cassent   pas
Quelqu'un   quelqu'un
a rendu la deuxième lettre de Zenobia
et mon cahier
et un crayon
J'ouvre sur une page blanche
et pour la première fois

je ne sais pas quels mots
écrire

Je ne sais pas quels traits
incliner en courbes et formes

alors je commence par son nom

Zenobia Angel Garrett

et même si les lumières s'éteignent

je me dessine une petite amie

Je commence avec ce que je me rappelle le mieux
les yeux de Zenobia
puis ses longues tresses bleues
puis
ses ailes d'ange

et j'aimerais   j'aimerais
qu'elle devienne vivante depuis ma page

comme mon père
depuis le mur

Et elle le fait

Il y a une brise dans la pièce
tout à coup

Ce sont les ailes d'un ange
qui m'enlacent comme des bras chauds

Ses yeux éclairent l'obscurité
et nous nous tenons les mains

Alors je la serre et la tiens contre moi, tout près
et il n'y a plus que moi et ma petite amie ange
faite de traits délicats de fusain
courbés et arrondis
juste
aux bons
endroits

BEAUX-ARTS III

Nous n'écrivons pas
pendant le cours de poésie d'Imani

J'ai manqué les derniers jours
quand ils ont eu un open mic

J'étais bloqué dans le réfectoire
à cause de ce que j'avais fait au mur

et je remarque qu'un groupe de gars
que je n'avais pas vus avant sont là-dedans

Le cours de poésie est facultatif

mais seulement les gamins noirs et marron
étaient là   Et maintenant
on est comme des feutres de toutes les couleurs

qui dépassent des lignes

Bon, tout le monde est assis dans son coin de la salle commune
mais Imani continue comme si elle ne voyait pas
les garçons blancs se moquer d'elle

Elle tend des feuilles volantes et des crayons
et c’est là que –
pendant qu’on attend les instructions
pendant qu’on attend qu’elle nous dise
    où la pointe du crayon doit se poser
    où le premier mot doit laisser son empreinte
    comment notre vérité doit apparaître sur la page
    comment nos souvenirs doivent résonner au-delà de
    la page –
que les mots veulent sortir de moi si fort   si fort
que je commence à écrire

Chère Zenobia,

J'ai voulu tenter le coup avec toi tellement de fois, mais je ne voulais pas avoir l'air idiot. Je voulais pas que tu me tèjes. Je croyais que tu pensais que j'étais immonde. Je sais que ça va paraître naze, mais celui qui t'a appelée Angel…

Amal…
tu veux bien partager ce que tu écris ?
demande Imani

Je suis pris de court
je lis les mots que j'ai juste
écrits pour moi…

Je ne veux pas te forcer
mais
je sais que tu aimes partager
tes rimes
Et je veux que vous sachiez tous
qu'il n'y a pas d'échec en art
Il n'y a pas de mauvais art
Il n'y a pas d'art raté
Juste de l'art
Juste votre vérité…
elle dit

Je me tais un instant
en pensant à Mme Rinaldi qui m'a
laissé tomber
encore et encore
Pas d'échec en art, hein ? je dis
Alors OK

Je passe ma langue sur mes lèvres,
avale ma salive et
lis les mots qui étaient
censés être
rien que pour Zenobia
à voix haute à ces gars

et ils rient
et ils disent

Tu as l'air carrément désespéré…
Dis-lui de t'envoyer des nus…
Tu peux m'écrire une lettre pour que j'envoie à ma copine ?

et ils rient
et je ris…

Imani rit aussi

FRATERNITÉ VI

Et peut-être
il y a des petites
fissures dans nos murs
et on commence à voir
un éclat de lumière
briller à travers

les uns dans les autres

Certains d'entre vous ont noté leurs erreurs
quand M. Bennu était là
dit Imani
Maintenant, notons nos doutes
nos intuitions, nos sentiments profonds
Ces murmures que vous entendez au

fond de votre esprit
mais ignorez
avant que vos erreurs ne surviennent –
Les doutes

Ma feuille reste blanche
Les doutes ne comptent pas, je dis

Est-ce que tu en as eu ? elle demande
Des avertissements, prémonitions ?
Une boussole morale qui tente
de t'indiquer la bonne direction ?

Ouais – c'est pour ça qu'ils ne
comptent pas
Je suis toujours ici

N'empêche
certains d'entre nous les notent

les mettent dans la poubelle
où on les pioche
et lit les mots les uns des autres
à voix haute
comme s'ils étaient les nôtres

Ma mère m'a dit de rentrer directement à la maison…

Mon voisin de palier m'a dit de rester à l'écart
de ces gars…

Mon frère aîné m'a dit de ne pas faire chier ces
négros…

Je me suis arrêté pour prendre encore
un truc à la boutique…

Quelque chose n'allait pas dans leur façon de nous regarder…

J'étais censé aller chercher ma petite sœur
à l'école…

J'étais censé être ailleurs, avec quelqu'un
d'autre, en train de faire autre chose…

Je voulais être ici, donc j'ai suivi mon instinct
je n'ai pas douté du tout…

Imani prend une chaise et s'assoit près de nous
Elle croise les bras sur ses genoux
et c'est la première fois que je la vois
la vois vraiment

Son visage a des secrets
Ses yeux peuvent être jeunes ou vieux
et elle est super sérieuse là tout de suite

J'ai tant appris de vous
tous, elle dit

et je me redresse sur mon siège, parce que
la façon dont elle dit ça…

Frères, c'est mon dernier jour
ici, mais
Je commence à peine…
Je suis tellement motivée pour aller
là-dehors et faire le travail
de parler à ces jeunes frères et sœurs
là-dehors…
de détruire ce système
depuis le sommet…
Donc qu'est-ce je devrais leur dire ?
Comment je devrais parler à vos

frères et sœurs
pour qu'on puisse mettre fin à ce cycle ?
Qu'est-ce que je devrais dire aux
décideurs politiques, chefs
d'entreprises
à tous ceux à qui ça rapporte de
vous avoir ici ?

Qu'est-ce que vous voulez dire ? je demande
Qu'est-ce que vous voulez qu'on fasse ?

Donnez-moi quelque chose à
rapporter là-dehors…

Mais nous avons besoin de vous là-dedans
je dis

Ils ont besoin de moi là-dehors
aussi, elle dit

Et ça me percute comme
un coup dans le bide

BEAUX-ARTS IV

Vous avez dit que vous vouliez voir ma poésie
eh bien la voilà…

Vous avez dit que vous me donneriez un retour
me diriez si mes mots comptent là-dedans…

Vous avez dit que nous sommes
les erreurs et les doutes les uns des autres…

Dites-moi pourquoi quand vous partez
c'est comme si vous n'étiez jamais venue ici…

Dites-moi pourquoi ils vous ont fait venir là-dedans
et fait repartir si vite…

Les autres gars sont partis
et Imani a demandé au gardien
qui devait me ramener
dans ma cellule
si je pouvais l'aider à remballer

Il ne lui reste que quelques cahiers
et des marqueurs

Elle me voit les regarder

Je sais ce que tu ressens, Amal…
J'adore ce travail, crois-moi
Mais un trajet de cinq heures
depuis la ville
c'est difficile pour moi
Et je ne sais même pas si je
fais une différence
Mais le fait que tu sois là
à poser toutes ces questions
je sais que
je comptais pour toi…

Elle ne peut rien me
dire d'autre maintenant
alors je commence à partir

Attends, elle dit
Je ne veux vraiment pas que tu
me causes de nouveau
des problèmes parce que j'ai laissé
des marqueurs
Alors viens avec moi dans le
bureau de Mme Buford
Il y a quelque chose que je veux que
tu voies

Cheryl-Ann Buford n'est pas dans son bureau
mais Imani a les clés

Elle ouvre la porte et sort
une boîte scotchée qui se trouve près de son bureau

Elle la prend et je me précipite pour l'aider

On emporte ça
au parloir
elle dit

Tattoo apparaît dans l'encadrement de la porte
et mon ventre se serre
Il garde les yeux sur moi sans m'aider

Je jette un coup d'œil à Imani qui le regarde
Alors elle lève les yeux au ciel
comme si elle savait
Peut-être qu'elle l'a vu
ce tatouage

Nous sommes devant la fresque –
celle avec la peinture écaillée
et les oiseaux heureux qui chantent

Celle qui est censée nous rappeler
que nous sommes des mineurs
des gamins
des enfants
même si tout le reste
nous montre qu'ils pensent que nous sommes adultes
que nous sommes déjà devenus ce que nous sommes
censés être

Imani ouvre la boîte
et dedans il y a des boîtes de peinture
six couleurs en tout
avec des pinceaux de différentes tailles

J'avais commandé
ces fournitures
il y a des mois, mais elles viennent
juste d'arriver
au moment où je pars
C'est pour ça que je déteste cette
bureaucratie de merde

Vous étiez censés repeindre
cette fresque, là
C'était censé être un
projet de groupe
Ça a été un véritable parcours
du combattant
pour faire approuver ça
Je suppose que c'était
leur façon de dire non
sans me dire non
directement   Tu me suis ?

Écoute, Amal
J'ai vu ce que tu as dessiné sur
ton mur
et ce que ça voulait dire pour toi
Je ne veux pas que ce talent
ce don
soit gâché là-dedans
Je veux que tu peignes par-dessus
cette fresque dégueu
Peins ta vérité, Amal…
Et va chercher les gars pour
qu'ils t'aident

Ça fait comme
comme des ailes qui poussent
comme voler

Je regarde Imani
Elle me regarde et attend
une réponse
et
il n'y a rien d'autre à faire
que me laisser tomber à côté de cette boîte
et m'évader
m'ouvrir les portes
en grand

et voler et voler
et peindre

et je sais je sais
que cette fois
mes coups atterriront sur un mur
mes coups seront de pinceaux

La plus grande toile sur laquelle
Mme Rinaldi
m'a laissé peindre
faisait deux mètres sur trois...

Et même là –
alors que j'avais étudié
la chapelle Sixtine
et tous les tableaux de Michel-Ange
et rêvé d'avoir mon travail
dans un endroit stylé
comme le Louvre à Paris
et rêvé de peindre
le plafond d'une immense mosquée
et mémorisé tous les travaux
de Picasso et Salvador Dalí
Rembrandt et Van Gogh
Monet, Vinci et Matisse –

mon art était raté, d'après elle

Même si mes sujets étaient doux et tendres
elle ne pensait pas que c'était ma vérité

Sois honnête avec toi-même, elle disait

Je l'étais
j'étais honnête
je disais la vérité

Personne ne m'avait jamais donné
un mur entier comme toile
pour dire ma vérité

AMERICAN GRAFFITI

Alors au lieu de suivre le programme
je vais chercher Kadon
Amir, Smoke et Rah
pour m'aider à faire l'esquisse de la fresque

Imani a obtenu l'approbation
de Cheryl-Ann Buford
Elle pouvait au moins faire ça
puisque les fournitures étaient arrivées si tard

Stanford
sera le gardien
responsable

N'empêche
le lendemain matin
je commence à préparer le mur
pendant que les quatre potos
sont dans le réfectoire

Il n'y a personne pour me regarder
pour le moment
et à cet instant

Je suis libre

J'aurais dû peindre ce soir-là
ou faire des croquis ou réfléchir ou lire

mais ma maison me donnait l'impression d'être dans une boîte
Ma chambre me donnait l'impression d'être dans une boîte

La maison que j'avais connue toute ma vie
rétrécissait autour de moi

m'obligeait à être petit, petit
alors que je n'arrêtais pas de grandir

De trop grandir pour toutes les boîtes autour de moi
Umi ne pouvait plus me contenir

Je voulais me casser
repousser les putains de murs

pour pouvoir

frapper le vide
faire une ouverture
assez large et grande
pour que je puisse passer

et voler

et fuser

Je me dessine moi
je dessine Kadon
je dessine Imani
je dessine M. Bennu
je dessine Amir, Smoke et Rah
je dessine des ailes

Nous tous avec des ailes

nous volons nous volons nous volons

Surtout le chaos
en dessous
est un remix de mon
tableau préféré
Guernica, de Pablo Picasso
avec ces visages et ces corps déformés
en guerre en guerre en guerre

Mais comme la poussière
nous montons
nous montons
nous montons

FRATERNITÉ VII

Kadon, Amir, Smoke et Rah
m'aident à peindre

On raconte des blagues
et on se moque les uns des autres
et les ailes que je leur dessine
sont en fait là
sur leur dos

On dessine
et on vole

Même Stanford
qui monte la garde
          se moque de nous
en disant
          Vous arrivez même pas à rester dans les lignes
          d'un putain de dessin
          Pas étonnant qu'vous arriviez même pas à marcher
          en ligne droite

Les autres gars se moquent de nous
parce qu'on est pas en cours
en disant

Vous les négros vous avez l'droit de faire
un projet artistique de mes deux ?

Mais quand même
ils nous laissent tranquilles

Même quand on doit
laisser la fresque inachevée
jusqu'au lendemain
ils la laissent tranquille

Ça nous prend une semaine entière
pour finir

on me laisse seul
pour mettre quelques touches finales
ici et là
et je me recule
pour regarder mon travail

notre travail…

JEUNE BASQUIAT

À un moment donné
j'arrête de m'inquiéter pour le
cours avancé en histoire de l'art de Mme Rinaldi

Mais Umi m'est tombée dessus pour
avoir séché le cours

Amal, tu aimes l'art
Tu t'y connais dans ce truc
Pourquoi tu es tellement
          tellement défaitiste

Umi ne savait pas
que j'avais séché l'école
pour aller au musée d'art du centre-ville
          J'avais séché l'école
pour m'asseoir dans le parc
sur un banc avec mon carnet de croquis

dessiner les arbres et les feuilles
le ciel et les oiseaux

juste pour me perfectionner

juste pour comprendre les règles
        de la ligne et du grain
        et du dégradé
et
du noir et blanc

Juste pour pouvoir enfreindre ces règles

Et je n'avais pas besoin de Mme Rinaldi
pour me dire que je n'étais pas avancé
ou que je n'avais pas d'histoire

Là-bas, en dehors de mon lycée d'Arts plastiques
Internet était mon professeur
et
j'ai découvert
Jacob Lawrence et Romare Bearden
Faith Ringgold et Kerry James Marshall
Alma Thomas et Norman Lewis

Alors quand
la fresque est
finalement terminée
et que c'est le Jour des Visites
et que les gars commencent
à venir en salle commune

et que les familles
commencent à faire la queue pour prendre
des photos devant

Kadon dit
avec le plus grand sourire
que je lui vois
depuis des semaines
C'est le feu, mec !
Jeune Basquiat, pour de vrai !

La chose lourde dans ma gorge
tombe par terre et disparaît

La chose lourde sur ma poitrine
sort de mon corps et disparaît

On m'applaudit quand les gars le voient
on me tape dans le dos, checks, mains serrées
on me respecte parce que j'ai fait quelque chose
que je voulais faire même en étant enfermé

dans cette boîte

LA PERSISTANCE DE LA MÉMOIRE II

C'est mon tour
de voir Umi
le Jour des Visites

Les murs ici
sont repoussés plus loin
Les lumières ici
brillent plus

Moi et certains des autres gars
que je ne connais pas
on commence à faire des blagues
et on rit plus

Je ris plus

Umi peut voir ce que j'ai fait
et on prendra une photo

Les familles des autres
détenus prendront des photos
devant mon chef-d'œuvre aussi

mais

mon nom n'est pas appelé
pour aller au parloir

Umi ne peut pas être en retard
Elle n'a jamais été en retard
sinon
elle ne pourra pas me voir

Elle ne pourra pas voir mon mur
et
je suis appelé dans la salle
avec les cabines téléphoniques à la place
et
ce n'est pas le genre d'Umi d'appeler
quand elle est censée être ici
            Elle est censée être ici

et

Il est sorti du coma, Amal
Umi dit à l'autre bout de la ligne
sans expliquer pourquoi elle n'est pas ici
Jeremy Mathis s'est réveillé...

Jeremy Mathis s'est réveillé ?
je répète
juste pour être sûr que je l'ai
bien entendue
Il a commencé à parler ?
Il se rappelle ce qui s'est
passé ?

Amal…
Je dois être ici au cas où
il commence à parler
Je dois m'assurer qu'ils
enregistrent la vérité
Si ses mots sont la clé
qui déverrouillera la porte
vers ta liberté

Amal…

Je raccroche le téléphone
et reste figé là où je suis
comme une statue
Le temps s'arrête
et à cet instant
seuls les mots de Jeremy Mathis
me changeront de pierre
en humain

On y va, Shahid !
les mots d'un gardien
m'obligent à bouger

Je rejoins le rang

en retournant à nos cellules

Je regarde dans le parloir
pour jeter un coup d'œil à ma fresque
et
c'est là que je le vois

Tattoo

se tient là
les bras croisés
la tête penchée en arrière
qui observe
ma fresque

MÉDITATION II

Une lettre sur mon bureau
dans ma cellule
me fait savoir que
je suis humain
me fait savoir que

Je vibre Je vibre Je vibre

Cher Amal,

S'il te plaît ne ris pas de mon dessin de toi. Je ne suis pas allée en ligne pour trouver une photo ou quoi. J'ai dessiné de mémoire, à partir de comment je t'ai vu à l'école. Toi. Le vrai toi.

Zenobia

FRATERNITÉ VIII

Dans le réfectoire
Kadon vient s'asseoir à côté de moi

Les bandages sur son visage ne sont plus là
Le gonflement a diminué

Mais il y a quelque chose d'autre écrit sur son visage
et je le regarde fixement pour essayer de lire dans ses yeux

Il tremble grave

Qui ? je demande

C'est parti, il murmure
Tout le truc est parti

AMERICAN GRAFFITI II

Ma fresque
avec ses angles aigus et ses lignes droites
transformés en
courbes noires et lignes arrondies
transformées en
ailes et visages

est recouverte

de blanc
de blanc
de blanc

JEUNE BASQUIAT II

Alors je fais de moi un monde
je fais de moi une frontière
je fais de moi un peuple

et deviens guerre
et deviens haine
et deviens oppression
et deviens une boîte
et deviens un mur

et...

Kadon s'approche de moi
m'entoure de ses bras
me serre très fort
Calme-toi, jeune Basquiat
Calme-toi putain...
Il y a encore plus de murs ici
On a que des putains de murs ici...

Je me casse

Ils ont dit que ma fresque
était contraire aux directives de l'établissement

Aucun code, couleur ou symbole de gang

et tout ce que je pouvais faire
c'était de prendre ma tête
dans les mains
et de murmurer tout bas

Allez vous faire foutre !

Putain qu'est-ce qu'on
était censés faire avec cette peinture alors ?
Faire d'autres personnages de dessins animés ?
D'autres oiseaux souriants et un soleil qui cligne de l'œil ?
Peindre d'autres mensonges ?

FIGURE PATERNELLE

Le visage d'Umi n'a jamais été
un miroir pour moi

Si elle pleurait en me voyant
le Jour des Visites

je savais que ses larmes
ne me disaient pas à quel point

mon visage est bousillé
à quel point je suis devenu maigre

à quel point j'ai l'air sale ou déprimé ou en colère

Ce sont les yeux d'Oncle Rashon
qui tendent un miroir vers moi
quand il vient enfin me voir
et que je m'approche enfin de lui
qui me brisent presque
en plus petits morceaux

Juste là devant mon oncle
l'homme qui a essayé de prendre la place de mon père
je deviens poussière et suis presque balayé

avant d'atterrir de nouveau là où je suis
parce que
c'est une boîte

Je ne suis pas ici pour me désoler pour toi, Amal…
dit Oncle Rashon

Il porte un kufi et un dashiki
comme si ma présence ici l'avait réveillé
aux injustices du monde

Je ne veux pas que tu te désoles
pour moi
je dis

Ça n'est pas ce que je veux dire, Amal…
Je veux dire, ta mère le fera pour toi
et ta grand-mère et Dionne
Mais quand tu me vois arriver là-dedans
après avoir conduit pendant cinq heures
sache que j'ai réfléchi à beaucoup de choses…

Il fouille dans son sac et sort
une pile de livres
Ils ne peuvent pas enfermer ton esprit, Amal
sauf si tu les laisses faire

Ton esprit est libre
Tes pensées sont libres
Ta créativité est libre…

Derrière lui il y a le mur blanc
où se trouvait ma fresque
je ne l'ai même pas prise en photo

Je sais, je dis
Mais pourquoi
tu te pointes maintenant ?
Tu as eu tout ce temps
pour m'apporter des livres

Si je n'avais pas pris tout ce temps, Amal
J'aurais J'aurais…
Il avale sa salive avec difficulté comme si
il avait un caillou dans la gorge aussi

Alors je dis juste
Merci d'être venu, Tonton

Le premier livre de sa pile
s'appelle
La Mauvaise Éducation
du nègre
et il est de Carter G. Woodson

Les livres suivants sont de
James Baldwin
Richard Wright
Toni Morrison
Octavia Butler
Ibram X. Kendi
Michelle Alexander
et Ta-Nehisi Coates

La prochaine fois que je viens
on parlera de ce que tu auras lu…
il dit avant de partir

et c'est la première fois qu'Oncle Rashon
me serre dans ses bras

FRATERNITÉ IX

Kadon est avec moi dans la bibliothèque
et il prend
un livre de James Baldwin dans ma pile

Moi et Kadon –
qui est calme, pensif, vidé –
on commence avec un livre
        une page
        un mot

comme si chaque idée était un maillon d'une chaîne
que nous cassons
        un par un
        et deux par deux

Je fais glisser une feuille blanche et un crayon vers Kadon
        Il lit, puis il dessine
        des lignes droites d'abord   Il se fait une grille

Je prends une feuille et copie des paragraphes entiers des livres
pour que ce morceau de vérité sculpte sa voie dans mon âme
un mot à la fois

Je lis, puis je dessine
des lignes courbes d'abord
arrondir les angles sombres, aigus
incliner les lignes droites
          jusqu'à ce que je me fasse un cercle et
          un autre et un autre

et comme si c'était d'un ventre rond
je me pousse en dehors
          yeux brillants
          pleurant à peine
                    je nais à nouveau
                    dans cette vieille   vieille âme

PAPIER PEINT III

C'est Tattoo
qui vient dans ma cellule
pour me dire de sortir

Shahid ! Tu as un appel
Vas-y !
il me crie exprès dans l'oreille
quand je passe devant lui en sortant de ma cellule

Je ne peux même pas regarder son visage
Mais il est comme les murs ici
comme le fer et les barreaux
Lui et tout ce qu'il représente
font partie du Système…

ESPOIR IV

Umi dit
à l'autre bout
de cette ligne téléphonique

Amal…
J'ai renvoyé M. Richter
Il a fait du mieux qu'il pouvait
Mais je ne crois pas que son mieux
soit suffisant pour toi   pour nous
J'ai décidé qu'il était temps

d'avoir un nouvel avocat
Quelqu'un qui pige
qui nous pige, tu vois ?

Elle s'appelle
Tarana Hudson

Je ne faisais pas la salat
comme Umi m'a dit
Je ne priais pas cinq fois par jour
pour demander à Allah de me montrer la voie
Mais ça   ça
ça c'est un mur qui s'effondre

Pourquoi ? je lui demande

Amal, je suis dans son bureau maintenant
et je vais la laisser te dire

Monsieur Shahid
dit Tarana Hudson
à l'autre bout
de cette ligne téléphonique

J'ai suivi votre affaire
depuis le tout début et
j'ai appris à vous connaître
Amal
par votre mère
Je sais que vous êtes un bon gamin
et c'est un honneur
de travailler avec vous et
votre famille
Amal, je veux que vous
sachiez que

Jeremy Mathis
est prêt à parler…

PAPILLONS III

Kadon est assis
en face de moi
dans la salle commune

Amir, Smoke et Rah
sont là aussi –
Potos

On jette des snacks
partout sur les tables
mais je m'en fiche
parce que
le riz à l'agneau
d'Umi me manque

Personne n'est venu
remplacer Imani
et ses ateliers de poésie

Personne n'est venu
nous inspirer
comme M. Bennu

Mais quelqu'un a mis
du papier Canson
et des crayons sur les tables

genre c'est la maternelle
Les quatre potos
commencent à jouer aux cartes

et je suis la cinquième roue
Pas même un coin dans une boîte
Juste moi

Amal

qui occupe l'espace au
milieu de nulle part

L'espoir
occupe l'espace au
milieu de nulle part
Les crayons sont encore plus cassés
comme si quelqu'un savait
que je suis le seul
là-dedans
qui les utilise comme ça

J'essaie d'en trouver un entier
suffisant pour que je le tienne
entre mes longs doigts

Je vois Stanford qui me
regarde à l'autre bout de la pièce

Je continue de dessiner
même si le crayon
se désintègre entre mes doigts

JEUNE BASQUIAT III

On revient
du réfectoire
        en ligne droite
        mains derrière le dos
quand je vois Stanford

sortir de ma cellule
Je m'arrête et il me voit
le voir

Il déverrouille ma porte
et attend
que j'entre

Là, sur mon bureau
il y a encore du papier
et une petite boîte d'aquarelle

comme celles
qu'on donne aux enfants

Il hoche la tête sans
me regarder et
ferme la porte

ESPOIR V

Kadon est le premier à venir s'asseoir avec moi

Puis Smoke et Rah commencent à venir aussi
Je ne suis pas un prof, mais ils me regardent mélanger les couleurs

et changer les formes en personnes, espaces et idées
Je leur demande
Vous avez déjà entendu parler de l'effet papillon ?

Ils continuent à raconter des blagues
et à dire des conneries
Se moquent de moi avec
ma petite boîte de peinture

Et je me souviens de moi
avant le rêve
avant les couleurs et les formes
avant les vieux tableaux
          par des artistes blancs
avant l'histoire de l'art

quand c'était juste moi
dans notre appartement
sur le sol

la télé allumée
Umi dans la cuisine
qui fait du riz à l'agneau

Papier Canson partout
Crayons cassés partout
Cahiers de coloriage partout

Et moi, suffisamment petit pour me tenir
dans l'espace entre
le canapé et la table basse

Je coloriais en dehors des lignes
Je coloriais en dehors des cases
comme la liberté

Alors je prends une feuille
de papier Canson blanc
et la boîte d'aquarelle
et je me fais une case
me fais des lignes floues

courbes et vagues
régulières et rondes
et je me fais un papillon

Cette semaine
l'avocat général
le procureur
et ma nouvelle avocate, Tarana
vont rencontrer Jeremy Mathis
qui fera une déclaration

et tandis que je raconte aux potos
comment un papillon peut changer
une grande chose là-bas dehors dans le monde

les papillons palpitent dans mon ventre

Des ailes délicates qui battent
si vite
je n'arrive même pas à respirer comme il faut

Je couvre la feuille de papillons
en me demandant si ces papillons
à l'intérieur de moi
seront ceux qui
changeront le monde

ou peut-être

les vérités de
Jeremy Mathis sont les véritables papillons

Quels que soient ses mots
ils sortiront de lui en palpitant

petites choses
qui changeront
une grande chose dans le monde

Ma vie
Toute ma satanée vie…

J'étale mes peintures sur toutes les tables

et les potos veillent à ce que personne
ne les abîme   Quatre petites peintures

Aquarelle sur papier

Comme *Guernica* de Picasso – des papillons avec des ailes déformées
en guerre   en guerre   en guerre

comme *La Persistance de la mémoire* de Dalí – une montre avec des jolies petites ailes piégée dans sa boîte

comme la *Mona Lisa* de Vinci – une mère noire
assise immobile   mains sur les genoux   sans bouche

Je remixe tous ces tableaux célèbres
à l'aide des fournitures que j'ai

et je les mets dans une enveloppe jaune
du bureau de Mme Buford

Je l'adresse à Imani Dawson
et je lui écris un mot

Voilà ce que je veux que le monde
connaisse de moi
Mon art…

MA VÉRITÉ

Note des auteurs

Yusef Salaam avait quinze ans quand il a suivi quelques amis à Central Park, par une chaude soirée d'avril, en 1989. Il faisait ce qu'il avait toujours fait en tant qu'ado qui grandit à New York. On se rappelle comment, gamins, on appelait ça, quand on traînait et qu'on s'amusait : « *wilin' out.* » On sortait, on faisait les dingues pour se marrer, on kiffait. C'est un verbe qui ne vient pas de la langue écrite. Il est donc facile de se tromper. Il était facile pour les médias de mal interpréter ce qui appartenait à notre langue vernaculaire en appelant ça « *wilding* », rôder, et de le transformer en un acte malveillant pour l'associer à la tristement célèbre affaire de la « joggeuse de Central Park ».

Quand Yusef a commencé à écrire, c'était parce que, comme beaucoup de jeunes Noirs, il voulait être un artiste hip-hop.

Il écrivait des rimes depuis qu'il avait onze ou douze ans. L'affaire dite de la « joggeuse de Central Park » est arrivée à un moment où, dans la musique, les chansons de hip-hop engagées étaient populaires. *Self Destruction* et *Love's Gonna Get'cha* de KRS-One et surtout Public Enemy ont fait partie des artistes et chansons qui nous ont tous les deux façonnés en tant qu'apprentis écrivains et ont constitué la bande-son de nos vies de jeunes. Nous étions en orbite autour de Public Enemy, qui a débarqué avec un flow qui ressemblait moins à du rap qu'à un discours de vérité.

Alors quand Yusef et quatre autres adolescents ont été jugés et condamnés pour un crime qu'ils n'avaient pas commis, lui et tant d'autres jeunes, dont moi-même, étaient sensibilisés aux injustices de leur pays et du monde.

L'affaire de la «joggeuse de Central Park» est mon premier souvenir en tant que témoin d'une injustice. Durant mes années de lycée et d'université, il y a eu d'autres hommes et garçons noirs victimes d'actes violents; parmi eux Yusef Hawkins, qui, à l'âge de seize ans, a été tué par balles dans un quartier de Brooklyn majoritairement blanc; Michael Griffith, qui a été mortellement percuté par une voiture en se faisant chasser hors d'un quartier blanc par un groupe d'ados blancs ; Amadou Diallo, un immigré d'Afrique de l'Ouest non armé, sur lequel les flics ont tiré quarante et une fois alors qu'il entrait dans son appartement du Bronx. Ce sont toutes ces histoires qui ont fait que j'ai voulu devenir journaliste.

J'étais tellement en colère contre le monde que je devais trouver un moyen de dire la vérité au pouvoir.
Quand Yusef et moi nous nous sommes rencontrés au Hunter College en 1999, deux ans après sa sortie de prison et alors qu'il n'avait pas encore été innocenté, et dix ans après la nuit fatale qui avait changé sa vie pour toujours, je voulais être un des quelques reporters universitaires qui allaient enquêter sur la vérité de l'affaire de la « joggeuse de Central Park », parce que beaucoup d'entre nous croyaient que ces cinq ados étaient innocents. En partageant cette histoire, j'avais espéré montrer les disparités du système de justice pénale et la manière dont les médias présentent en permanence une vision déformée des enfants noirs.
Quand Yusef a été condamné, il a pris conscience qu'il devait dire sa vérité. Il a compris que cette forme artistique qu'il affûtait depuis l'enfance, le hip-hop, allait lui permettre de transmettre son message au moment le plus critique de sa vie.
Tandis qu'il attendait son verdict, Yusef s'est vu dire qu'il devait s'en remettre à la clémence de la cour ; qu'il devait plaider la peine la moins longue possible. Mais il avait lu Malcolm X et d'autres, qui étaient dans la lutte. Il avait été inspiré par des artistes hip-hop qui utilisaient leur tribune pour diffuser des messages puissants sur nos expériences et, à la place, il s'est mis à écrire. Alors, quand son jugement a été transmis et qu'on a laissé Yusef monter sur l'estrade pour qu'il dise sa vérité, il a lu un poème intitulé : « Je suis accusé ».

Bien que *Mes coups seront mes mots* ne raconte pas l'histoire de Yusef, le personnage d'Amal est inspiré de lui en tant qu'artiste et adolescent incarcéré, soutenu par sa famille, grand lecteur et passionné de dessin pour garder son esprit libre. Ce livre est imprégné de certains des poèmes que Yusef a écrits pendant son incarcération. Quand nous avons commencé à discuter de l'histoire que nous voulions raconter, nous sommes partis d'un prénom – Amal, qui veut dire « espoir », en arabe. Il était important que, quel que soit ce que traversait cet ado, il devait toujours garder espoir ; nous devions écrire une histoire qui inspire de l'espoir au lecteur. Yusef et moi voulions que les gens sachent que quand on se retrouve dans l'obscurité, il y a toujours une lumière quelque part, et même si cette lumière est à l'intérieur de soi, on peut éclairer sa propre obscurité en projetant cette lumière sur le monde.

Après avoir rencontré Yusef à l'université, je l'ai retrouvé alors que je faisais une tournée pour mon premier roman, *American Street*. Yusef a exprimé son envie de parler à des adolescents car cette tragédie lui était arrivée à cet âge. Il s'était surtout adressé à des étudiants en droit et à des associations locales de défense de la justice sociale. Quelques jours plus tard, je l'ai contacté avec l'idée de raconter son histoire sous la forme d'un livre pour jeunes adultes. Nous savions que les jeunes avaient besoin d'entendre cette histoire.

Au centre de l'histoire d'Amal se trouve le cycle de violences raciales qui continue à sévir dans ce pays. Mais il ne s'agit pas seulement d'une histoire de crime ou de race. *Mes coups seront mes mots* parle du pouvoir de l'art, de la foi et de la transcendance dans des circonstances qui anéantissent les individus. Nous espérons que les lecteurs feront l'expérience du voyage d'un garçon qui se retrouve à un moment critique où le moindre faux pas menace son avenir, et qui se sert de son art pour exprimer sa vérité, la vérité.

Ibi Zoboi et Yusef Salaam

REMERCIEMENTS

Je suis encore sidérée par la manière dont ce livre s'est fait. Jamais je n'avais envisagé d'écrire sur un adolescent incarcéré, et encore moins de son point de vue. Quoi qu'il en soit, il semblerait que tout, dans l'univers, a contribué à en faire un voyage doux et inattendu, et il y a tant de gens à remercier.
Je suis avant tout éternellement reconnaissante à Yusef Salaam, qui est devenu comme un frère et qui m'a fait confiance dès le premier jour – depuis notre rencontre fortuite au Hunter College jusqu'à nos nombreuses conversations pour savoir comment partager notre vérité avec le monde. Ça a été un immense bonheur de travailler avec toi sur ce livre. Tu es une des personnes les plus empathiques, bienveillantes et perspicaces que je connaisse. Je suis tellement reconnaissante envers notre professeure, Marimba Ani, qui a invité Yusef à

son cours, ce jour-là. Le moment le plus magique, quand Yusef et moi nous nous sommes retrouvés, a été de nous rendre compte que nous avions tous les deux retenu une grande partie de ce que Mama Marimba nous avait appris. C'était la preuve que nous partagions la même vision du monde.

Grande reconnaissance envers Daughters of Afrika, mes plus proches et plus chères amies. Mon mari, Joseph, extraordinaire artiste et autre source d'inspiration pour ce livre. Merci pour ton soutien et ton amour indéfectibles.

Alessandra Balzer, mon éditrice et amie, sincèrement impliquée à un haut niveau – ce livre ne serait pas ce qu'il est sans ta perspicacité et ton attention au détail. Merci d'apprécier et de respecter ma vision, de toujours avoir une oreille attentive et des paroles encourageantes. Tu t'es surpassée pour ce livre et je t'en suis reconnaissante.

Merci, Ammi-Joan Paquette, d'avoir cru à ce projet et d'avoir été l'une des premières à le défendre. Merci à l'équipe de Balzer + Bray et de HarperCollins. Ebony LaDelle, les mots ne suffisent pas pour dire à quel point je suis reconnaissante de t'avoir eue dans la place. Tu le sais déjà. Un merci particulier à mon agente, Tina Dubois. Je suis si honorée de t'avoir comme partisane et amie. Merci à Jackie Burke à la publicité et à Jenna Stempel-Lobell et Alison Donalty pour le graphisme. Aux artistes Temi Coker et Alexis Franklin pour leur travail incroyable sur la couverture et à Omar Pasha pour les illustrations intérieures.

Reconnaissance éternelle à nos premiers lecteurs, l'avocat Kenneth Montgomery et la dramaturge primée et militante Liza Jessie Peterson pour la réforme des prisons. Merci pour le travail que vous faites avec nos jeunes et pour les commentaires essentiels sur ce livre.
Merci du fond du cœur à Jacqueline Woodson, Jason Reynolds et Ibram X. Kendi. Votre amour pour nous est palpable et j'existe parce que vous existez.

Ce livre, tous mes livres, mon cœur et mon amour vont aux enfants noirs du monde entier dont le génie est souvent étouffé et effacé avant d'atteindre les étoiles. Et à tous les garçons noirs – mes premiers béguins, mes premiers amoureux, mes potes, mes petits frères, mon fils, mes élèves : j'ai prié et je continue de prier pour que vous soyez en sécurité et je vous souhaite de la joie et du bonheur. Ma liberté est la vôtre, votre liberté est la mienne. Nous sommes les maillons d'une chaîne, liés les uns aux autres.
Aux ancêtres du Passage du milieu, qui nous portent tous sur leurs épaules, chaque action accomplie en votre mémoire nous fait grandir un peu plus.

Ibi Zoboi

Je ne crois pas au hasard. Le bonheur d'être tombé sur quelqu'un de mon passé, qui m'a connu jeune homme timide et craintif et découvre celui que je suis devenu aujourd'hui, me laisse penser que tout arrive au bon moment et pour une raison précise. Cette collaboration était à l'œuvre avant qu'Ibi et moi ne l'ayons compris. Nous avions en commun le cours de Marimba Ani, où je me suis initié à la conscience africaine. C'était un complément nécessaire à mon expérience ; et puis, rapidement, quelqu'un de cette classe s'est révélé être une autrice publiée qui, avec son talent et ses compétences, était capable de m'aider à dire ma vérité. Je suis tellement reconnaissant à Ibi et merci, Dieu, d'avoir permis que nos chemins se croisent d'une si belle manière.

À mon Umi, Sharonne Salaam, merci de m'avoir soutenu et élevé dans un monde où on méprise les Noirs et de m'avoir donné les moyens de comprendre où se trouvait ma place ; pour ton infatigable ténacité à faire en sorte que le monde n'oublie jamais que « Yusef est innocent » ; et d'avoir été un roc et une boussole dans les périodes d'obscurité et de lumière. Les mots ne peuvent décrire la profondeur de mon amour pour toi. On nous apprend que le paradis se trouve aux pieds de nos mères et je suis reconnaissant d'avoir une mère qui m'aime et prend soin de moi comme tu le fais.

Je remercie tout particulièrement ma femme, Sanovia, et notre famille recomposée (dans l'ordre): Nahtique, Dimani, Rain, Winter, Aaliyah, Poetry, Onaya, Ameerah, Assata et bébé Yusef Amir. Merci de votre patience et d'avoir été une caisse de résonance pour ce travail. Merci à ma sœur, Aisha, d'avoir écouté une grande partie de mes premiers travaux et de m'avoir encouragé à continuer ; et à mon frère, Shareef, pour ses conseils constants et ses encouragements à rêver plus grand et mieux planifier.

Merci à la fraternité sacrée, devenue célèbre sous le nom des « Cinq de Central Park » – Korey, Raymond, Antron, Kevin : merci d'avoir été mes compagnons pendant ce voyage collectif. Le fait d'avoir quelqu'un qui sait exactement ce que tu traverses rend le chemin un peu plus doux. Merci à Ken Burns, Sarah Burns, Dave McMahon et au documentaire *The Central Park Five* de nous avoir rendu notre voix. Merci à Ava Duvernay pour sa vision avec *Dans leur regard*, merci de nous avoir donné un porte-voix et une scène mondiale pour dire au pouvoir la vérité sur l'injustice que nous avons subie.

Merci à mon équipe, Frank Harris et Travis Linton, de m'avoir guidé et orienté dans ma vie professionnelle avec des conseils incroyables, et merci à mon équipe à CAA d'avoir été à mes côtés à chaque étape du processus.

Merci à Alessandra Balzer, Ebony LaDelle, Jacqueline Burke et à l'équipe de HarperCollins : je suis tellement reconnaissant de cette chance de pouvoir dire ma vérité avec Ibi, merci d'avoir cru en moi et en notre histoire.

Merci à Jacqueline Woodson, Jason Reynolds et Ibram X. Kendi pour votre soutien généreux et le travail que vous faites pour nous.
Ce que nous faisons est un travail sacré. Il s'agit de briser les malédictions générationnelles et de contribuer à l'intérêt général dans les cœurs et les esprits. Merci aux anciens de nous avoir transmis l'héritage de la résilience et de la grâce. Je suis reconnaissant d'avoir des yeux qui voient, une bouche qui parle, des oreilles qui entendent et un cœur empli de foi.

Yusef Salaam

Les auteurs

Ibi Zoboi est née à Haïti, a été élevée à New York et est diplômée du Vermont College of Fine Arts. Elle a écrit plusieurs romans pour la jeunesse, parmi lesquels *American Street*, finaliste du National Book Award. Elle vit dans le New Jersey avec son mari et ses trois enfants.

Yusef Salaam a vu sa vie s'effondrer lorsqu'il a été accusé à tort avec quatre autres garçons dans l'affaire de la joggeuse de Central Park. En 2002, après plusieurs années derrière les barreaux, leur peine a été annulée. L'histoire de ces cinq adolescents a été adaptée au cinéma dans le documentaire *The Central Park Five*, récompensé par de nombreux prix, et dans la série *Dans leur regard*, diffusée sur Netflix et unanimement saluée par la critique. Poète, activiste, conférencier, Yusef Salaam a reçu plusieurs distinctions, parmi lesquelles le Life Achievement Award du président Barack Obama. Il vit à Atlanta, en Géorgie, avec son épouse, Sanovia, et leurs enfants.

Le papier de cet ouvrage est composé de fibres naturelles, renouvelables, recyclables et fabriquées à partir de bois provenant de forêts gérées durablement

Mise en pages : Françoise Pham

Loi n° 49-956 du 16 juillet 1949
sur les publications destinées à la jeunesse
ISBN : 978-2-07-515420-8
Numéro d'édition : 376122
Dépôt légal : juin 2021

Imprimé en Italie par Grafica Veneta